お弁当を作ったら

竹下和男

共同通信社

装画　松本春野
装丁　宇都宮三鈴

子どもが作る「弁当の日」とは……

二〇〇一年に香川県の小学校で始まった食育の取り組み。年に数回、子どもたちが自分で食べる弁当の、献立作り、材料の買い出し、調理、弁当箱詰め、後片付けまですべてをひとりで行うというもので、ルールはただ一つ、「親は手伝わないで」。調理技術の向上だけでなく、人格形成、家族の絆、五感の発達にもよい効果が上がっていると、多くの報告がされている。

全国で実践校は千三百校を超え（二〇一三年末現在）、小・中学校のみならず、幼稚園や高校、大学にも広がっている。

目次

五・六年生へ

子どもだけで作る「弁当の日」、
ひとりで全部、作っちゃおう！
こんだて、買い出し、調理、弁当箱づめ、片づけ
家族のだれかに手伝ってもらおうなんて思わないでね！
手伝ってもらったごうかな弁当より
自分ひとりで作った弁当の方がいいんだよ！
目的は「大人への一歩」だから。
作り方は家庭科の授業で教えるから、
安全には、絶対気をつけてね！

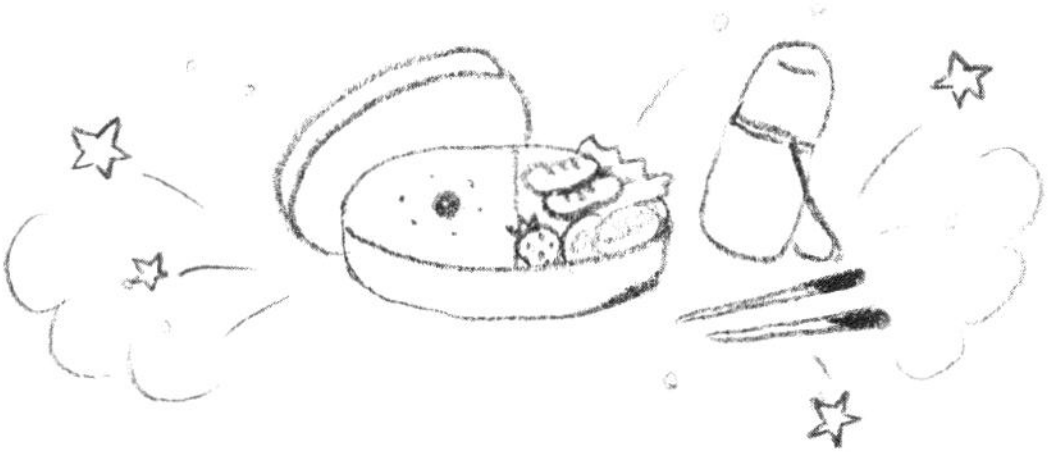

一回目（十一月）　スタート弁当

二回目（十二月）　チャレンジ弁当

三回目（一月）　プレゼント弁当

滝川小学校の先生たちから

ヒデトの「スイッチひとつ弁当」

手元に配られたお知らせプリントを見て、ヒデトは思わず、ええ、と声を上げた。

「弁当作るのは、子どもの仕事じゃないやろー」

子どもが作る「弁当の日」。

なんだって先生たちはこんなことを始めるんだろう。料理をするのは大人の仕事で、子どもの仕事は勉強だ。毎日、学校の宿題に加えて塾の宿題や予習・復習で、ヒデトにはただでさえ時間がない。しかも、今年は中学受験に向けて、これまで以上に勉強しなければならないのだ。

「ええか、弁当を作るのは五年生と六年生だけ。お母さんやおばあちゃんに手伝ってもらうなよ。献立を立てて、材料の買い出しもひとりでするんやぞ。その日は給食もストップするから、弁当持ってこんと昼飯抜きやぞー」

担任の寺西先生が、いたずらっ子のような目をして説明する。

あたりを見回すと、クラスメイトのほとんどが無邪気に喜んでいて、女の子はまだわかるとしても、男子の中にも、浮かれて大騒ぎしている子たちがいた。

「ばかげてるわー。お昼は給食を食べてればええんや」

ヒデトはプリントをひらひらさせながらつぶやいて、三人のほうを見た。

トンちゃんは、肩をすぼめて大きくため息をついている。たしかトンちゃんちには、炊事のできる家族がいない。ユースケはヒデトと目が合うと、両腕で大きなバツ印をつくってみせた。窓際のケイタだけがうれしそうに小さくガッツポーズをしていたけど、それもそのはず、母子家庭のケイタは今や立派な「主夫」なのだ。

ヒデトは、弁護士のお父さんと専業主婦のお母さんとの三人家族だ。

塾を終えて家に帰ってくると、「ただいま」だけ言ってお母さんにプリントを見せた。「子どもが作る」とある以上、まじめなヒデトには「お母さん、作って」が言えない。

お母さんはプリントをさっと読むと、こともなげに言った。

「大丈夫、お母さんがちゃんと作ってあげるから。あなたは勉強に集中してなさい……。それより先週のテスト、どうだった」

ヒデトがかばんから答案用紙を取り出しておずおずと差し出すと、お母さんは眉をしかめた。八十二点だ。

「もっとがんばらんといかんねー」

ヒデトは、一週間に七種類の塾や習い事に通っている。そのうちのいくつかは中学生レベルまで授業が進んでいて、先週テストのあった数学もその一つだ。だから学校のテストみたいにいつも百点、といかないのは当然だと思うけど、お母さんはそう思わないらしい。そして、こんなときのお母さんの気遣いは、いつも少しポイントがずれている。

晩ごはんのテーブルについて、「いただきます」と料理に箸をつけようとした瞬間、ヒデトの嫌な予感は的中した。

「今日はお母さん、張り切って作ったからね。まず、このイワシ。魚の中でもＤＨＡが多く含まれてるの。脳の活性化にいいんよ」

「大豆も残さず食べなさい。記憶力がよくなるから」

「デザートのブルーベリーはね、視力も回復するし、学習能力も高まるんだって」

ひっきりなしに飛んでくる解説を聞いているうちに、だんだん食欲がなくなってくる。朝から晩まで勉強、勉強……。もういい加減にしてよ、と叫びそうになるギリギリのところで、いつも助け船を出してくれるのはお父さんだ。

「お母さん、食事は楽しいことが一番。ペットにやるエサじゃないんやから」

「だって、栄養素で脳の働き具合は変わるって栄養学の先生が……」

「楽しく食べんと、その効果も出んやろ。せっかく、お母さんが腕によりをかけて作った料理、おいしく食べようよ」

お母さんはお父さんの言葉を聞くと解説をやめるけど、ヒデトだけが相手だと譲ることを知らない。経験上、いくら言ってもむだな抵抗にしかならないことはよくわかっているから、ヒデトも言い返さない。

ヒデトには、これまで料理はおろか、勉強以外のことをほとんどやらせてもらった記憶がない。お母さんにスケジュールはきっちり管理されていて、何かやりたくても、そんな時間はどこにも見当たらないのだ。だから、調理実習でみじめな思いをしたのも当然といえば当然だった。

まな板に載せられたキュウリとピカピカ光る包丁を見て、ヒデトはひるんだ。先生に命じられた「薄切り」どころか、包丁なんてこれまでさわったこともない。こんなに大きな刃なんだから、野菜だけじゃなく、きっと指だってよく切れるはずだ。人が出血多量で死んでしまうのは、何リットルの血が流れたときだっけ……？　そんなことを考えているうちに、どんどん腰が引けてくる。隣のテーブルを見ると、ケイタが目にも止まらぬ包丁さばきでみんなの喝采をあびていた。積み上がっていくキュウリの山は、向こうが透けて見えそうに、一枚一枚が薄い。

慎重に慎重に、ヒデトがやっとの思いでキュウリを切り終えたのは、もちろんクラスで一番最後だった。みんなができあがったキュウリの厚さをミリ単位で競い合っている中、ヒデトのそれは「筒切り」とでも言ったほうがいい代物だ。

――さすがに、このままじゃまずいかもしれない。

だけど、家に帰って復習するなんて絶対許してもらえないから、二度、三度と調理実習を重ねても、いっこうに状況は変わらない。自分以外のみんなが着実に腕を上げていくように見えて、ヒデトはあせっていた。

一方、お母さんのほうはクラスメイトのお母さんたちと話をするたび、

「『弁当の日』は親が作ってやることが、親の責任だし愛情表現だ」

という持論を触れ回っている。

「子どもがひとりで作れるはずないのはわかりきっているでしょ」

「どうせ、親が作った弁当の品評会になる」

「正面切って反対すると先生に悪い印象を与えるから、そこは目立たないように」

「でも、受験勉強第一の姿勢はゆるがせない」

……と、我が意を得たり、のリアクションをかき集めて、ひとりで弁当作りをする子はほとんどいない、だから自分の作った弁当を持たせてもヒデトが孤立することはない、とすっかり信じきっているようだ。

「まあええやろ、弁当なんて作れんでも。俺もばあちゃんに作ってもらうよ」

帰り道で、ユースケが言った。

「ほんまか」

ヒデトが目を輝かせると、トンちゃんも続いた。

「俺は前の日にコンビニで買ってくるつもりやで。早起きはたまらんし、弁当箱に移し替えれば同じことや」

「うちは、ぼくがごはん作るのは珍しくないから。晩ごはんのおかずのから揚げを多めに作っといて、朝はたまご焼きと野菜サラダくらいかな」

ケイタはやっぱりレベルが高いけど、とりあえず二人は自分で作らないとわかって、ヒデトは少しほっとした。

「そういえば、こないだの絵美ちゃんの弁当箱見たか？　まるでミニチュアみたいやった」

トンちゃんがそう言うと、二人が「あれはないよな」とくすくす笑った。

「絵美ちゃんって、なんかテレビに出てる子？」

そう尋ねたら、三人はきょとんとして足を止めた。クラスが変わって一年以上たつのに、ヒデトはクラスの女の子の名前をほとんど覚えていなかったのだ。

「女の子の名前を知らんこと、クラスでしゃべるなよ」

ユースケが神妙な顔で言うと、トンちゃんがまじめくさって続いた。

「中学校の数学が解けることや、難しい漢字が書けることより、周りの女の子の名前を覚えることのほうが大事やで。俺なんか二組の女の子も全部覚えてる」

それで、翌日は休み時間のたびに女の子たちの名前を教わるはめになった。

ヒデトが「今、黒板に絵を描いているピンクのTシャツの子」と耳打ちすると、ユースケやケイタが名前を言い、トンちゃんがファッションの解説をする。さすがにヒデトは一日で全員の名前を覚えたけど、その日のうちに読もうとしていた本は読めずじまいだった。

食卓でそのことが話題になると、お父さんが笑いながら言った。

「クラスの女の子たちの名前を覚えた時間はむだやったと思うか」

「うーん……覚えても使うことないから、あんまり意味がないかな」

「ヒデトは、女の子とは話をせんのか」

「話題についていけんから。タレントのこととか、ファッションのこととか」

「お母さんも、今のヒデトにはほとんど意味がないことやと思うな。テストにクラスメイトの名前を書きなさい、という問題はないしね」と、お母さんはあくまでお母さんらしい付け足しだ。

「テストに出る知識だけが、大切な知識じゃないよ」

お父さんは、お母さんの意見をやんわり否定しながらも、「お母さんはだめだ」とか「間違ってる」とは言わない。

「そんなことはわかってますよ。でも今のヒデトにとっては重要じゃないでしょ、女の子の名前って。弁護士になるっていう未来の目標に向かって、着実に、一歩ずつ近づいていくことを大切にしてほしいの、今は」

「ヒデト、女の子の名前を覚えた時間がむだだったのか、有益だったのかは、今は結論を出せないとお父さんは思う。たとえ、それが原因で百点を取れなかったとしてもね」

お父さんは、ヒデトの目をのぞき込むようにしてゆっくりと続けた。

「立派な仕事をした人たちは、必ずたくさんの失敗を積み重ねている。今大切なのは失敗しないことじゃなくて、失敗を生かす考え方や、失敗にくじけない強さを育てることや。だから、失敗を恐れて踏み出さないより、チャレンジ精神を持ったほうがいい。子どもには失敗する権利があるんやから」

「お母さんは、むだな失敗と有益な失敗があると思ってる」

お母さんがむきになりかけたけど、お父さんは話の切り上げどきを心得ている。

「あー、話に夢中になってたら、せっかくの料理が冷めてしまう。お母さん、このおいしいみそ汁、ちょっとだけおかわりしていい」

お父さんはいつもお母さんを大切にしているお母さんはお父さんを尊敬しているから、ぼくにお父さんみたいになってほしいと思っている。ぼくの教育方針をめぐってよく口論になるけど、から、ぼくがなんとか我慢できるのは二人の仲がいいから、そしてぼくのことを思ってくれているからだ。


「お母さん、ぼくもみそ汁、ちょっとだけおかわり」

「はいはい。ヒデトはお父さん似ね、食べ方まで」

だってお母さんのみそ汁は、本当においしいのだ。


夏休みは、例年のように塾の夏期セミナーや集中講座と、勉強漬けで終わった。初めての「弁当の日」も、前日の夜遅くまで塾の宿題をしていたから、弁当作りはノータッチだ。

ヒデトがお母さんの作ってくれた弁当を持って登校すると、教室の中は遠足の朝か、それ以上の盛り上がり方だった。

「弁当、作ってきたぞー」

「見て見て、おいしそうでしょ」

「すごいなー、お前の弁当!」

いつもならランドセルから教科書やノートを取り出すのが先だけど、今日はそんなのおかまいなしだ。みんなが弁当のふたを開けているから、教室じゅうにふんわりとおいしそうな匂いが漂っている。

ヒデトは、教科書を出しながら注意深くみんなの会話を聞いていた。

「ぜんぶ」作った、という声は、どこからも聞こえてこない。やっぱりみんな、家族に手伝ってもらったんだ――。

そのことに少しホッとしながら、でもなぜか、心の片隅で起こっている胸騒ぎが抑えられなかった。提出した答案用紙に自分の名前を書き忘れていたような、正解は選んだのに解答欄を間違えてしまったような、嫌な予感がした。

教室に、はじける笑顔の子が多い。

弁当の見せっこをしている子のほとんどが、宝物のように弁当の包みを抱え、見たことのないような笑顔で教室の中をウロウロしているのだ。ヒデトは、さらに耳をすませた。

たまご焼きのたまごが上手に割れなかった。

お米をといでいて、とぎ汁と一緒に米粒を流した。

ひとりで買い物に行って、レンコンと長芋を間違えた。

炊きたてのごはんでおにぎりを握ろうとして熱かった。

エビフライの油がはねてやけどしそうだった。

野菜炒めを作ったら、フライパンから野菜が何度もこぼれた……。

失敗談なのに、大声で、どこか自慢げに話すみんなを見ながら、やっと気づいた。

——お母さんの読みは外れた。

たしかに、自分ひとりで弁当を作りきった子は少なかったかもしれない。だけど、みんな「どこかで」弁当作りに挑戦している。

ヒデトは、プリントの文面を思い出していた。

家族のだれかに手伝ってもらおうなんて思わないでね！
手伝ってもらったごうかな弁当より
自分ひとりで作った弁当の方がいいんだよ！
目的は「大人への一歩」だから。

ヒデトが持ってきた弁当は「手伝ってもらったごうかな弁当」、いや、「作ってもらったごうかな弁当」なんだ。はじける笑顔の友だちは、今朝持ってきた弁当に、「自分ひとりで作った」何かがある子なんだ。

一時間目は、みんなが自分の作った弁当を紹介する授業だった。

初めての「弁当の日」のテーマは〈スタート弁当〉だ。黒板には「ぼくとわたしの、大人への一歩」という大きな文字が躍っている。先生に名前を呼ばれると、ひとりずつ教卓の前でふたを開け、もったいぶって話し始めた。

「私はハンバーグを焼いてきましたー。少し焦がしちゃったけど」

「ぼくはギョウザを作ってきました。なんと、皮から手作りです！」

失敗気味のものから完成度の高いものまでいろいろあったけど、とにかくみんなの顔は、自分が作ったこと、料理に関わったことがうれしくて仕方ない、という感じだ。

ヒデトは、それを聞きながら半分泣きそうになっていた。

弁当箱をハンカチで包むことさえしなかった自分が恥ずかしい。いっそ、うそをついてしまおうか。たまご焼きのたまごを自分で割ったとか、弁当箱にごはんを盛り付けたとか……。

そんなことを考えていたら、どこからかお父さんの声が聞こえた。

――今大切なのは失敗しないことじゃなくて、失敗を生かす考え方や、失敗にくじけない強さを育てることや。

勉強に忙しかったという言い訳もしたくない。

ヒデトは、意を決して教卓へ向かうと、大きく息を吸い込んで話し始めた。

「ぼくは、弁当を作るのは子どもの仕事じゃないと思っていたので、ぜんぶお母さんに作ってもらった弁当です」

渋い色の漆で塗られた曲げわっぱの中には、きのこの炊き込みごはんにシャケとマツタケのホイル焼き、めざし、ほうれん草のおひたしとミニトマトがおさまっていた。

「おー、マツタケが入ってるー。ヒデトんちは庶民と違うなー」

トンちゃんが歓声を上げ、教室じゅうにため息交じりの「おいしそう」が響く中で、ヒデトはうつむきがちに続けた。

「昨日の夜、お母さんに、炊飯器の予約スイッチを押しなさい、これであなたが弁当を作ったことになるから、と言われました。だからこれは〈スイッチひとつ弁当〉です。でも……、みんなの発表を聞いて、この次は自分で作ろうと思いました。そう思った今日が、ぼくのスタートです」

ヒデトが顔を上げ、おそるおそる教室を見渡すと、寺西先生が声をはりあげた。

「えらいぞ、ヒデト！」

みんながそれに続き、教室じゅうが拍手に包まれる。ほっとして席に戻ると、隣の女の子がかわいく拍手をして「ヒデトさん、かっこよかったぁ」と言ってくれた。「ありがとう、近藤由紀さん」と、ヒデトは照れながら答えた。

ヒデトの発表は、授業の流れを変えた。それまでの子は自分がやったことをメインに話をしていたけど、あとの子は、今回できなかったことや次に挑戦したいことを宣言するような発表になっていったのだ。

午前中の授業が終わり、みんなが待ちに待った弁当の時間になった。

給食と同じように班ごとに机をくっつけて食べたけど、いつもと違うのは、すぐにおかずの交換が始まったことだ。みんなが「自慢のたまご焼き」とか、「ひと工夫のピーマンの肉詰め」とかおかずをリクエストし合っていて、少し肩身の狭い思いでヒデトが弁当を食べていると、何人かの女の子がやってきた。

「ヒデトさん、私の手作りハンバーグときのこの炊き込みごはん、少しだけ交換してくれる?」

ヒデトはびっくりした。

ぼくの弁当はお母さんが作ったって、みんな知ってるはずなのに。

「おいしい。今度、お母さんの炊き込みごはんの作り方、教えてね」

「ヒデトさんの、次の『弁当の日』が楽しみ」

ヒデトはぎこちなく、けれど女の子たちの名前を必ず添えて、「ありがとう」を言った。

——ぼくの周りに女の子が集まるなんて、人生で初めてだ。

交換でもらったハンバーグやポテトサラダはおいしかったけど、なんだかくすぐったくて
うまくのどを通らなかった。

絵美ちゃんの「から揚げ弁当」

「絵美ちゃん、そりゃーないやろ」

隣のトンちゃんが大声を上げたら、いっせいにみんなが集まってきた。

絵美ちゃんが両手に持ったごはん用とおかず用、二つの箱は、まるで幼稚園児用だ。絵美ちゃんの体形は、身長はともかく体重は文句なしに全校一だから、普通の小学生にはちょっと小さめの弁当箱がそう見えたのだ。

「こんなちっちゃい弁当箱、絵美ちゃんの腹の足しにならんやろ」

「気ぃ使わんでええよ。もうちょっと大きい弁当箱でなかったら、午後の授業にひびくでー」

「絵美ちゃんが大きい弁当箱持ってきても、誰も、何も言わんよ」

「そうや、絵美ちゃん。こんなちっちゃいの使うなよ」

「そうかなあ」

小さく首をかしげながら、絵美ちゃんはちょっぴりうれしかった。

教室は朝から、家庭科の授業で使う弁当箱の見せっこで大盛り上がりだ。最初は「弁当なんて作れるかー」と叫んでいた男子まで、空っぽの弁当箱を片手に、大きなトンカツやハンバーグに食らいつくようなふりをして喜んでいる。

四月の初めにお知らせのプリントが配られたときから、絵美ちゃんはずっとその日が待ち遠しかった。

「わたし『弁当の日』、楽しみ」

「そりゃーそうやろ」

後ろのほうから聞こえたトンちゃんの声に、思わずむっとして振り返る。

「どういう意味ー。私、こう見えて料理、得意なんで」

「食べるんはもっと得意やろー」

絵美ちゃんがきっとにらむと、トンちゃんはあわてて廊下に出ていった。隣では、女の子たちが寺西先生を囲んで、興奮気味にしゃべり続けている。

「わたしも、ちょっと料理できるんよ」

「うちなんか、勉強してなさいって、させてくれんやろなー」

「手伝おうと思っても、じゃまになるって言われるもんな」

好感度アップのチャンスと手を握り合って喜んでいる子たちに、デザートを持ってきたいと訴える、お菓子作りにハマっている子たち。その向こうでは、「キャラ弁」の話題で盛り上がっている子たちもいる。

なんてすてきな取り組みなんだろう。だって給食と違って、お弁当なら好きなものを好きなだけ持ってきていいのだ――。みんなの話をうっとりして聞いているうちに、絵美ちゃんはトンちゃんの軽口も忘れてしまうくらいだった。

今日の家庭科は、「弁当の日」のための献立作りだ。家庭科教室に入ると、先生たちが用意してくれた料理の本が机の上に所狭しと並んで、早くもみんな大騒ぎだった。

絵美ちゃんは、ドキドキしながら本のページをめくった。から揚げやウインナーが入った定番のお弁当に、ふんわりたまごで包まれたオムライス弁当。そぼろやほうれん草の色合いがきれいな三色弁当も捨てがたいし、サンドイッチやハンバーガーもおしゃれだ。教室のあちこちから「食べたーい」「作りたーい」という声が聞こえて、絵美ちゃんのおなかがキュルキュル鳴った。

家から持ってきた弁当箱を鉛筆でなぞって形を取ると、その中にごはんやおかずを描き込んで、弁当の「完成予想図」を作っていく。ちらりと隣を見たら、トンちゃんが持ってきたのはコンビニ弁当の空き容器だった。

トンちゃんのことだから、たぶん昨日の晩ごはんの容器を洗って持ってきたんだろうな。

絵美ちゃんは、ふと、クラス替えをしたばかりのころのことを思い出した。それまでのように、トンちゃんたちの「デブ」「ブタ」攻撃で、五年生になって初泣きしたときのことだ。

絵美ちゃんが涙をこぼした瞬間、新任の寺西先生は顔を真っ赤にして怒り始めた。つばを飛ばし、地団太を踏んで、とにかくすごい勢いだった。

「人の体のことをからかうなんて、人間として最低や」

興奮しすぎてよく聞き取れなかったけど、たぶん先生はそんなことを言っていたと思う。男子たちは圧倒され、当の絵美ちゃんさえ、泣くのをやめてあっけにとられていたほどの怒りようだった。トンちゃんやユースケがおとなしくなったのは、絵美ちゃんにどっこうというより、先生をあれほど激しく興奮させてはいけないと気を使っているんだろう。


ともかく、それ以来絵美ちゃんはうつむかなくなった。もともと素直で優しい性格だから、すんなりとクラスの中に居場所をつくってしまった。

絵美ちゃんは、その日からひそかに寺西先生に恋している。


「すごいねー。みんなの食欲はすばらしい」

家庭科の南先生の言葉で、はっと我に返った。黒板のほうを見ると、さっきまで窓際にいた栄養士の椎葉先生が教卓に立っている。

「皆さんの弁当はすばらしい出来栄えです。でも、これから言う三つのことをしっかりチェックしてください。そうしないと健康な大人になれないのです。ポイントは弁当箱のサイズ、ごはんとおかずの割合、そして栄養のバランス」

一つ、弁当箱の大きさは、自分の体の大きさや運動量を考えて決めること。
一つ、弁当箱の中に、主食三、副菜二、主菜一の割合で入れること。
一つ、主菜の炒め物や揚げ物は茶色が多いから、副菜の中に緑や黄色、赤い色の野菜を盛り付けると、彩りがよくなって栄養のバランスも整うこと。

椎葉先生は、理想的な弁当について、イラストを使ってわかりやすく説明してくれた。見た目にきれいな弁当が健康にいいってすてきなことだ。絵美ちゃんの弁当箱は、椎葉先生のお墨付きで大きなものに変えられることになった。

初めての「弁当の日」に絵美ちゃんが持ってきた弁当箱は、一見するとみんなと同じような印象だったけど、実はところどころに仕掛けがされていた。

まず、弁当箱の深さがほかの子のものより微妙に深い。これは、お母さんと三軒のスーパーを回って見つけた掘り出しものだ。そして、おかずが直立している。つまり、すべてのおかずが斜めでもないし、寝てもいない。斜めに入れると隙間ができるからだ。ささみのから揚げは形をそろえてカットし、アスパラのベーコン巻きも弁当箱の高さギリギリにカットした。それでも空いてしまった隙間は、ポテトサラダと漬物で埋め尽くした。もちろん、ごはんは箱いっぱいに押し固めている。たっぷりのイチゴとキウイフルーツは、三つ目の箱に入れた。スイーツは別腹だというから、別箱でもかまわないだろう。こうして、ちょっと見には普通サイズだけど、二倍近い量のごはんが入った特製弁当ができあがった。

弁当箱をのぞき込んだトンちゃんに、「みんなと同じサイズで足りる？」と聞かれたから、作戦は成功だ。

「大丈夫、大丈夫！　最近、そんなにおなかすかないから」

「そんならええけど」

トンちゃんはちょっといぶかしむようだったけど、これが乙女心というものなのだ。

お昼になり、みんなが大喜びで弁当箱を開けると、すぐにおかずの交換が始まった。違うおかずの交換だけでなく、たまご焼きどうし、から揚げどうしも交換して、感想を言い合っている。同じ鍋で作った給食なら交換する意味がないけど、みんながそれぞれの家で作ったたまご焼きはそれぞれに味が違った。ずいぶん甘いものに、ほんのりしょうゆ味のもの、ネギやパセリがまざったのもあったし、切り方や盛り付け方で弁当の印象はかなり変わっている。

周りのようすをうかがっていた絵美ちゃんは思い切って席を立つと、いそいそと寺西先生の机に向かった。

「先生、から揚げ一個、食べてください」

そう言って弁当箱を差し出すと、寺西先生はにっこりした。

「うれしいな」

先生はから揚げに箸を伸ばし、ひとかじりして言った。

「うわー、おいしいわ。絵美ちゃん、上手に作ったなー」

絵美ちゃんはうれしかった。

ただ、から揚げをほめてもらったことがうれしかったんじゃない。寺西先生への感謝の気持ちを、自分の料理で伝えられたことがうれしかったのだ。

五年生になってから、学校へ来るのが少しずつ怖くなくなった。

もう、クラスの中で悪口を言われることもない。体が大きくて冷やかされることはあるけど、これまでみたいなトゲはない。みんな先生のおかげだった。

満足して席に戻ろうとすると、寺西先生が自分の弁当箱を差し出した。

「どれでもいいから一個、おかずを取って」

びっくりした。お返しなんて期待してなかったし、上手に詰め込んでいたから、自分の食べる分が減るのも心配していなかった。でも、これを逃したら先生の手料理を食べるチャンスなんて二度とないだろう。

「先生、ありがとうございます」

絵美ちゃんは、先生の弁当箱にどっしりと横たわっていた三本のウインナーのうち、一本をもらった。ほどよく焦げたウインナーの皮をかみ切ると、かすかな肉汁が染み出してきて、じんわりと幸せな気持ちでいっぱいになる。この気持ちは、今までに経験したことがないものだった。

食べてもらえるってうれしい。

食べさせてもらえるってうれしい。

この二つの「うれしい」は大発見だった。

食べ物は、自分の食欲を満たしてくれるだけのものだと思っていたけど、そうじゃない。食べ物を通して人とつながっていけるんだ。そう思うと、まるで背中に羽が生えて、天使になったみたいだった。

絵美ちゃんは、この大発見のあとから、周りの風景が少し違って見えるようになった。テレビを見るより料理本を眺めるほうが、寝転んで漫画を読むより、お母さんと台所に立つほうが楽しくなってきたのだ。

お母さんはすごい。火を通しやすくしたり、形を整えたり、煮崩れを防ぐために角を取ったりする、いろんな包丁の使い方を知っている。それに、我が家の料理にはびっくりするような隠し味がいっぱいあって――たとえば、絵美ちゃんが大好きなカレーには、なんとすりおろしたニンニクが入っていた。入れる前と後で、はっとするほど味の深みが違って、まるで魔法みたいだった――宝探しをしているようにわくわくした。台所の隅々にまで細かい心配りがあったけど、お母さんは一度もそれを自慢したことがない。絵美ちゃんは、自分もお母さんみたいになりたいと思った。

もう一つ変わったのは、給食の時間だ。

たとえば、定番の肉じゃが。調理員さんは、朝から全校児童三百六十人分、気の遠くなりそうな量のじゃがいもの皮をむき、乱切りしている。それまで気にしたことなんかなかったけど、それってすごいことだ。ほうれん草のおひたしだって、全部ゆでるのにいったい何リットルのお湯が必要なんだろう？　そんなことを想像していると、食べるのがいつもよりゆっくりになり、気づけばおなかがいっぱいになっている。

絵美ちゃんは、みんなが料理の話題で盛り上がるとき、いつも口数の少ないケイタがさりげなく立っていることに気がついた。

ケイタさんは、一年少し前にお父さんを交通事故で亡くして、お母さんと二人暮らしだと聞いている。お母さんが働いているから、毎日のように料理をしてきたらしい。さすがに料理のことをよく知っていたけど、自分から積極的に話すことはない。

なんだか、そんな謙虚さがお母さんと重なって見えた。


二回目の「弁当の日」のテーマは〈チャレンジ弁当〉だ。絵美ちゃんは、クラスの全員にから揚げをプレゼントすることにした。

「先生や、絵美に優しくしてくれる友だちみんなにプレゼントしたいから」

とお母さんに相談すると、いいことを思いついたね、と大賛成してくれた。

本を見ると、から揚げの一人前は約百グラム。おまけの一品なら、一人四十グラムあればいいだろう。六年一組全員で三十人だから、先生や、家族のみんなの分も含めて二キログラムを揚げることにした。

絵美ちゃんは、前日にお母さんと一緒にスーパーへ行くと、鶏もも肉とむね肉を一キロずつ買った。お母さんのアイデアでトマトの缶詰も買って、オリーブオイルやこしょうと一緒に肉を漬け込んでおく。我が家特製、イタリアン風味の隠し味だ。

翌朝は目をこすりながら五時に起きた。漬け込んだ肉に、少しの塩をふって軽く片栗粉をまぶすと、油の中にそっと沈めていく。

プチプチ、チュパチュパと心地よい泡をはじきながら浮かび上がってくるから揚げの一つひとつに、みんなの顔が重なってくる。寺西先生、トンちゃん、そして二人では一度もしゃべったことのない、ケイタさん。

みんな、おいしいって言ってくれるかな。

最初に揚がったから揚げは一個ずつ、お母さんと試食した。トマトとオリーブの温かい香りが、鼻からふんわり通り抜けていく。はふはふと食べながら、二人は親指を立ててＯＫサインを出し合った。

お母さんの用意してくれた三段重ねの重箱にサニーレタスを敷いて、三十個以上のから揚げを詰め込んだら、まるでレストランのバイキング料理みたいだ。いっぱいになった重箱を眺めて、絵美ちゃんは大満足だった。

「ついに出たー。絵美ちゃんのドカベンや！」

教卓に風呂敷包みを置いたら、教室じゅうにドンと大きな振動が広がって、トンちゃんがうれしそうに叫んだ。

「ちがうちがう」

絵美ちゃんは笑いながら手を振った。

「一回目のとき、私とから揚げを交換してくれた子や寺西先生がおいしいって言ってくれたのがとってもうれしくって、今日はもっともっとたくさんの友だちに喜んでもらおうと思いました。それが私のチャレンジです。今朝はから揚げだけで二キロ、揚げてきました一。みんなに一個ずつ食べてほしいです。それから、お母さんに教わった、我が家の隠し味があります。食べて、当ててみてください」

三段の重箱の中身が全部から揚げだとわかると、歓声のようなため息が漏れ、教室は大騒ぎになった。

「これはみんなへのプレゼント用です。自分のはこれ！」

普通のサイズの弁当箱に、普通のから揚げ弁当が、ちょこんと盛り付けられていた。

ほとんどの友だちがから揚げを一個取ると、自分の弁当箱を差し出してくれた。

「ありがとう。代わりに何でも好きなの取って」

「すすめられたのにもらわないと失礼やから、ちょっとだけもらうね」

絵美ちゃんは、みんなからおかずやごはんをほんの少しずつもらいながら教室を歩き回り、ケイタからは巻きずしを一切れもらった。交換でもらった分が全部で一食分はあったから、これで自分の弁当と合わせて二食分の昼食にありつける。

絵美ちゃんは予想していた通りになって、また思った。

食べてもらえるってうれしい。

食べさせてもらえるってうれしい。

でも今日は、家に帰ったら天満宮めぐりのウォーキングを二周しなくちゃ、とも思った。

絵美ちゃんが、ケイタの巻きずしを食べて「おいしい」と唇で伝えると、ケイタが「ト・マ・ト」と口を動かした。絵美ちゃんは、耳元でささやかれたようにドキッとした。

ウォーキングは三周、いや五周にしよう！

絵美ちゃんは、そう自分に誓った。

ケイタの「巻きずし弁当」

クラスでは勉強も運動も真ん中あたりのケイタだけど、料理には少し自信がある。なにせ、小学校に上がる前から料理上手な父さんの手伝いをしてきたから、ほかのみんなとは年季が違うのだ。

でも、長距離トラックの運転手だった父さんは去年、交通事故で亡くなった。居眠り運転で、ガードレールを突き破ったらしい。

あれから一年、ケイタは父さんのレパートリーを再現すべく日々努力してきた。カレー、チャーハン、ギョウザ、パスタ、ハンバーグ。煮魚に焼き魚、茶わん蒸しに筑前煮。

さすがに、調理実習で見せたケイタの包丁さばきはみんなより軽やかで、フライパンや鍋の動かし方ひとつとってもむだがない。調味料の入れ方だって迷いがないから、安心感がある。「弁当の日」は、ケイタにとって思わぬ晴れ舞台だった。

「ケイタ、料理のコツを教えてくれ」

尋ねてくる友だちに、ケイタはいつも同じように答えた。

「コツって言われてもようわからん。失敗してるうちにできるようになっただけや」

友だちは、ふうん、そんなもんか、と腑に落ちないようすだったけど、これぱっかりは本当にそうなのだから仕方がない。

ケイタが初めて父さんのいない台所に立ったのは、去年の夏のことだった。

父さんの葬式がすんで一週間か二週間くらい、学校がなかったからたぶん日曜日だったと思う。朝起きると、母さんがふいに言った。

「こんなに毎日つらくても、おなかってすくんやな。父さんが作ったたまご焼き、食べたくなった」

それを聞いて、ケイタは思わず言った。

「母さん、ぼくがたまご焼き、作ったるわ」

あのころ、母さんはずっと泣いていた。料理を並べては「こんな少しでええんや」と、洗濯機を回しては「洗濯物が少ない」と泣いた。

父さんみたいにいっぱい食べることはできないし、洗濯物を増やそうにも限界がある。でもたまご焼きなら、父さんと何度も作ったことがある。ケイタは、父さんの口ぐせを思い出していた。

——父さんがいないときは、ケイタが母さんを助けてあげなよ。

そうだ、これからは、ぼくが母さんを助けないといけないんだ。台所に向かうと、勢い込んでフライパンを握った。そしたら、前よりずしりと重い。

どうしてだろう、と一瞬考えて、思い当たった。今までは、いつも隣に父さんがいたのだ。

重たい鍋やフライパンを動かす父さんは、まるでクレーンみたいだった。父さんの太い腕や大きな背中を思い出すと、やっぱりまだ涙が出てくる。あわててTシャツの裾でぬぐっていたら、たまごが焦げて、フライパンの底にこびりついた。

できあがったごはんを食卓に並べながら、ケイタはくやしかった。ごはんとみそ汁は昨日、母さんが作った残り。スーパーで買ってあったコロッケと、野菜とツナのサラダ。そして、茶色く焦げて、形の崩れたたまご焼き。

父さんと、同じようにできるはずだったのに。

洗濯物を干し終えて台所に戻ってきた母さんは、むっつり押し黙ったケイタをちらりと見て、なんでもないようにテーブルについた。

「いただきます」

母さんは真っ先にたまご焼きへ箸を伸ばすと、一口食べて、大げさに言った。

「おいしい、父さんのたまご焼きや！　ケイタ、ありがとう」

ケイタは泣きそうになった。

母さんはうそつきだ。

こんなに焦げて、形もぼろぼろに崩れたたまご焼き、おいしいはずがない。

「やっぱりケイタは父さんの子や。おいしいよ。さあ、ケイタも食べよう」

こらえきれずに立ち上がると、涙があふれた。結局、ぼくひとりじゃたまご焼きさえ作れない。父さんの代わりなんてむりだ——。

居間へ行って大きく鼻をすすったら、ひくひくと、息が詰まりそうになる。ふいに、後ろから母さんに抱きかかえられた。

「ケイタ、不思議やわ。たまご焼き食べたら、父さんが体の中に入ってきたみたいな気分になったよ。おーい、母さん、ケイタ、元気かーって、おなかの中から声が聞こえてくるみたいや。もう大丈夫や。母さん、もうめそめそせんでもええ。ありがとう」

小さな肩に、ポト、ポトと落ちてくるものがあった。

ケイタが頻繁に台所に立つようになったのは、それからだ。母さんはそのたびに喜んで、いつも残さず食べてくれた。

母さんの食べっぷりを見ていると、こっちまで幸せになる。台所にいると、ケイタは自分が父さんになったような気分だった。母さんは決して料理が下手なわけじゃない。父さんだって忙しかったはずなのに、それでも時間をやりくりして台所に立っていたのは、この顔が見たかったからなのかもしれないな。この一年のうちに、なんとなくそんなことを考えるようになった。

ケイタは、初めての「弁当の日」のおかずを、定番のたまご焼き、から揚げ、タコウインナーと、野菜サラダにした。から揚げは昨日の晩ごはんのおかずで、あとは朝一時間早起きして作った。これまで何度も作ったものばかりだから、失敗することはない。ちなみに、ごはんにのせた梅干しも自家製だ。父さんと作ったそれは、今も床下の壺の中にある。

ほとんどの子が弁当作りを家族に手伝ってもらった中、ひとりで作ったケイタの弁当は、クラスで賞賛の的だった。

「さすが、ベテランは違うなー」

みんなの感心するような声を聞いてうれしい反面、ケイタは少しあせっていた。

きっと、次回はひとりで作りきる子が増えるだろうな。

今日のみんなの盛り上がり方は——特にヒデトの発表を聞いてからは——半端じゃない。次は友だちが簡単にまねできないような、レベルの高い弁当を作らないと——。

ケイタは帰りに図書館に寄ると、料理コーナーに向かい、片っぱしからページをめくった。

「次の弁当、巻きずしにしようかな」

巻きずしは作るのに手間がかかるし、運動会とか遠足とか、特別な弁当のイメージがある。

まさか、ひとりで作ってくる子はいないだろう。晩ごはんのときにこっそり打ち明けたら母さんは大賛成で、うれしいことを二つ教えてくれた。

一つは、母さんが父さんと最初のデートのときに、巻きずし弁当を作って持って行ったということ。

「もしかしたら、ケイタが生まれたのも巻きずしのおかげかもしれんね」と、母さんはうれしそうに笑った。そして、もう一つのことがケイタにとって決定的だった。

「そういえば、父さんの巻きずしは母さんも食べたことがないな。父さんも、作ったことないんじゃないかな」

これまでケイタが作ってきた料理は、ほとんど父さんと一緒に作ったことがあるものか、それを少しアレンジしたものだった。

父さんさえ作ったことのないものを作る――。

なんだか、それは父さんを超えることでもあるようで、考え始めるとドキドキした。しかも、次の「弁当の日」のテーマは〈チャレンジ弁当〉なのだ。これ以上のチャレンジはない。

ケイタはうれしくなって、母さんのコップにビールを注いだ。晩ごはんのとき、母さんにビールを注いであげるのが、ケイタの日課なのだ。白い泡がサワサワと音を立て、母さんは満足そうにぐいと飲む。

「母さんはホント、おいしそうにビールを飲むなあ」

「そりゃそうや。それでも、ケイタが母さんのおなかにいたときや、おっぱいを飲ませている間はずっと我慢してたんやからね」

これは、機嫌のいいときの母さんの口ぐせだ。ぼくのために我慢した回数以上、もうじゅうぶんに飲んできたはずだけど、幸せそうだからまあいいか、と思う。


「弁当の日」の前日は日曜日。ケイタは買い出しをすませると、夕方から巻きずしの準備に取りかかった。

まず、乾燥シイタケを水でもどし、かんぴょうは薄い塩水でさっともみ洗いしておく。鍋に調味料（酒、みりん、砂糖、しょうゆ、シイタケのもどし汁）を合わせていたら、耳元で父さんの声が聞こえた気がした。

「調味料は、最初は少なめにしておいて、あとは自分の舌を頼りに足せばいい。多く入れた分は取り戻せんから」

そうだ、調味料は少なめだ。シイタケとかんぴょう、スティック状に切ったにんじんを入れて火にかけ、慎重に味見をしながらくつくつと煮ていく。甘辛い匂いが立ち込め、にんじんが軟らかくなってきたところで火を止めた。これで明日の朝まで置いておけば、冷めていくうちにしっかり味が染み込むはずだ。

次に、大きな鍋にいっぱいのお湯を沸かして、ほうれん草をゆでる。

「食材ごとの、火の通り具合をイメージすることが大事やで」

ほうれん草がくったりしすぎないように――。さっと冷水に取って何度か水を替えると、ギュッと水気を絞ってのりの幅に切る。その長さに合わせて、アナゴも切っておく。

最後はたまご焼きだ。本格的な厚焼きたまごを作りたいところだけど、難易度が高いから、心持ち厚めのたまご焼きで代用する。本によると、強火で、かつコンロからフライパンを遠ざけて作ることが、ふっくらしたたまご焼きを作るコツらしい。

「強火を使うときは気を抜くなよ。表面を固めて、中においしさを閉じ込めるんや。瞬間の勝負やぞ」

父さんの声を聞きながら、フライパンの中に意識を集中させる。焼き上がったたまごを包丁の先で細く切り分けたら幅が微妙に違ったけど、巻いてしまえばわからない。

「大丈夫、失敗はたいていなんとかなる」

ケイタは、父さんの口ぐせを声に出して言った。


一息ついて洗い物をしていると、母さんがパートから帰ってきた。

「やってるね、ケイタ」

「うん、なんとか順調。あとは明日の朝、酢飯を作って巻くだけや。それから、晩ごはんのおかずはサンマやで。七時には食べ始められるから」

炊飯器の中には、今朝炊いたごはんの残りがある。これは二人が晩ごはんで食べきる予定だ。サンマを焼いているうちに、いりこのだしで作った玉ねぎと豆腐のみそ汁は四食分で、明日の朝の分まである。こんな段取りを考えられるようになったのは、ひとりで料理を作るようになってからだ。多めに作った巻きずしの具は、母さんの晩酌のあてになった。

「おいしい！　明日は成功間違いなしやね」

ケイタはサンマをつつきながら、これからの流れをおさらいしていた。

晩ごはんの片付けがすんだらごはんを仕掛けて、合わせ酢を作って、夜のうちに弁当箱も洗っておこう。明日は巻きずしを巻くことに集中したい。デザートにブドウとイチゴを添えたら、父さんも作ったことのない、巻きずし弁当が完成するはずだった。

翌日の午前五時半、ケイタの眠気は一気に吹き飛んだ。

炊き上がったごはんを軽くひっくり返していたら、予想以上にべたべたしている。軟らかすぎるのだ。むしろ逆じゃないといけないのに。

「炊き上がったごはんに合わせ酢を混ぜるから、すし飯を炊くときは、水は少なめやで」

言われた通り、炊飯器の水加減はすし飯の目盛りに合わせたはずだ。早起きに付き合ってくれた母さんが、何かを察したようにやってきた。

「水加減は？」

「間違えてない」

「ほんと、ちょっと軟らかすぎるね」

「今まで何回も炊いてきたのに、なんで？」

ケイタはあせった。今日だけは失敗するわけにいかないのだ。

「わかった。ごめん、ケイタ。おとといの夜に母さんがごはんを仕掛けたとき、米びつが空っぽになったんや。その後に入れたこの米は新米や」

「うん？」

「新米で炊くときは、水をちょっと少なめにせんといかんのや」

知らなかった――。予想外のアクシデントだったけど、とにかく弁当を完成させなければならない。

「そうか。ええわ、しっかりうちわであおいで、合わせ酢もちょっと少なめにする」

ボウルにごはんを移すと、温めた合わせ酢をしゃもじで全体にかけた。切るようになじませ、ときどき全体を裏返すように混ぜる。そして、そのごはんを飯台に広げ、うちわで念入りにあおぐ。ちゃんと湯気がとぶように、しっかりと、慎重に。

ごはんのほうは少し気がかりだけど、並んだ具材を見ていたら、だんだん期待がふくらんできた。にんじんのオレンジ色にほうれん草の緑が鮮やかで、アナゴの茶色に、たまご焼きの黄色、シイタケの笠の黒とひだの白、かんぴょうの薄い茶色……。切ったらどんなにきれいだろう。

かんじんの巻き方は、インターネットの動画や料理本で何度も確認ずみだ。最初は手探りだったけど、四本目には酢飯の厚さも均等で、具が中心に集まったきれいな巻きずしができた。巻き簾を握る手にギュッと力を入れると、達成感がこみ上げてくる。

よかった、なんとか完成だ。

ケイタは、ほっとして使い終えた道具を片付けた。そして、最後の仕上げに巻きずしを切ろうとして、異変に気がついた。

「あれ?」

四本の巻きずしの、表面ののりが破け始めている。母さんがのぞき込んで言った。

「酢飯が多すぎたか、強く巻きすぎたかな。のりと酢飯が密着しすぎたんやろな」

「まさか……」

ショックだったけど、一度破れたものは仕方ない。それでも色合いはきれいなはず、とあせって包丁を入れようとしたら、のりがうまく切れずにごはんと具が飛び出し、押しつぶしたような形になってしまった。もう一度、ゆっくり包丁に力を入れる。今度はなんとか切れたけど、もっとつぶれてしまった。

「ケイタ、一回一回、ぬれ布巾で包丁をぬぐわんと」

つぶれた巻きずしを見つめながら、そういえば本に書いてあったっけ、と思う。情けなくて、涙が出そうだった。

――父さんを超えるなんて、最初からむりなチャレンジだったんだ。

うつむいたままぼんやりしていたら、ふいに母さんが声を上げた。

「ケイタ、おいしい！　母さんの巻きずしよりおいしいわ」

顔を上げると、つぶれた巻きずしの端っこをほおばりながら、母さんが目を大きく見開いている。

「最初からこんなにおいしく作れるなんて、やっぱりケイタは料理の才能があるよ。ああ、ごはんも甘酸っぱくて最高。さすが父さんの子や」

母さんは、ケイタの背中をトントンとたたくと、にっこり笑った。

「ちょっとくらいつぶれても、食べたら同じ。さ、残りも切って早く詰めんと、学校に遅れるよー」


ケイタは、手さげ袋につぶれた巻きずし弁当を入れて、学校へ向かった。

みんな、ぼくに幻滅するだろうか。

大きくため息をついたら、これまでにしてきたたくさんの失敗が、一気によみがえった。

野菜をゆですぎてフニャフニャにしたことや、魚を焼き網からはがせなくてボロボロにしたこと。調味料を全く入れないで作って、食べて初めて気がついたこと……。

ちぇっ。ケイタは石ころを蹴飛ばして、空を見上げた。

――大丈夫、失敗はたいていなんとかなる。

ふと、父さんの声が聞こえた気がして、足を止めた。

そうか。きっと、父さんもたくさん失敗したんだ。そうじゃなきゃ「なんとかなる」なんて言えない。そして、そのたびに母さんが笑って食べてくれたんだ。

父さんを超えることは、まだまだできそうにない。だけど、きっと次の巻きずしは、今日より上手に作れるはずだ。

ケイタは大きく深呼吸すると、手さげ袋を両手で抱えて歩きだした。

浩二少年の「ハンバーグ弁当」

「さあ、さっさとすませておくか」

校舎に子どもの声が響いてこなくなった夕方、結城浩二先生は、デジカメを持って職員室に向かった。五、六年生の担任どうしで話し合って決めた通り、「弁当の日」で撮った写真をプリントして、掲示物の準備に取りかかるためだ。

職員室の戸を開けると、秋山、寺西、渡辺先生の机の周りがやけに盛り上がっていた。

机の上には、寺西先生と渡辺先生のクラスの写真がいっぱいに広げられている。満面の笑みを浮かべた、子どもと弁当のツーショット写真ばかりだ。ほかの先生たちが、その一枚一枚に歓声を上げ、感想を言い合っている。秋山先生のクラスの分はまさに印刷中で、待ちきれずにプリンターをのぞき込んでいる先生たちもいた。

興奮した先生たちの会話は途切れることがなく、結城先生はそれに聞き入っていた。

「テッちゃんがハンバーグを作ってきたよ、見て」

「登校してきたときの弁当の持ち方が、とってもほほえましかったー」

「宝物を抱えた感じでしょう」

「まるでクリスマスケーキを運んでいる感じ。傾かないように、慎重に」

「わかるなー。うちのクラスも何人もいたよ」

「うちもノブオくんがたまご焼き作ってきた。崩れて、焦げてたのにとっても得意そうな顔してた。こういうのをドヤ顔っていうんよね」

「ミノルちゃんが四時半に起きたんやて」

「えー、全校で一番の遅刻常習犯なのにー」

「もっと冷凍食品が多いかなと思っていたけど、結構、子どもたちがんばってたね」

「一学期から刺激してきたから、料理好きの親は四月から教えにかかったみたいよ」

「クミちゃんが、うちのお母さんね、ちょっと料理を作り始めたんよ、だって」

「子どもって、そういう家族の秘密を正直に漏らすことがあるんよねー。私も用心用心」

「でも、それは親の成長を喜んでいるんだよね」

「それと、自分が大切にされているという喜びもね」

「弁当箱におさまらなかったから揚げを、家族みんながおいしいって喜んでくれたって、ツバサちゃんが」

「えー、すごい。今度、廊下で会ったらほめてあげよう」

「美代ちゃんはいきなり、お父さんの弁当も作ったって。そしたらお父さんが受け取って泣き始めたって」

「うちにもそんな子いたよ。会社の人に自慢したい、ってお母さんが言ってくれたって」

「そんな喜び方やほめられ方をしたら、一生忘れんよねー」

「この子はどのおかずの自慢をしたと思う？」

「このタコウインナー」

「当たり！　なんでわかった」

「このグラタンは冷凍食品だし、このきんぴらごぼうはたぶん、親に作ってもらっている。ごぼうの形がとてもきれいにそろっているから。だけど、ウインナーだけが見た目に失敗作が多いのに、弁当箱の中で面積が広い」

「おもしろいねー。子どもってさりげなく自己主張するよね」

「そう、このタコウインナーだって、たぶんうまくできたのを入れてきていると思う。いいところを見せたいもんね」

「足のちぎれたのや、焦げすぎたのは家族の朝ごはんのおかずになったんやろうな」

「それでも、自分の息子が作ってくれたんだったら、おいしーって言ってあげるよ、私なら」

「失敗してもいいからと任せたら、なんとかできるようになるもんだね」

「弁当を持ってこられなかった子がいなくてよかったね」

「八か月以上も声をかけてきたから、どの子もなんとかしなくっちゃという気持ちはあったみたい」

「見せっこしながら、二回目の目標を決めた子も多かったと思うな」

「親は手伝わないで、って言ってきたけど、結局、どこかで手伝ってもらっている子が多かったようね」

「それって、想定内のことよね。私たちはすぐに点数化するくせがあるけど」

「歩けること、走れること、自転車に乗れること、泳げることって、子どもの成長過程で大きな役割を担っているけど、料理ができることも、すごく大切なことやと思う」

「そりゃそうよ、自転車に乗らない日や泳がない日はあっても、食べない日はないからね」


結城先生は、先生たちがいつまでも盛り上がっている横にいて、素直に入っていけない自分に言いようのない不快感を覚えていた。

それは、自分がコンビニで買った弁当をそのまま持ってきた、ということも原因の一つだろう。だけど、それだけではない何かがあって、その不快感というのはたとえばこんなことだ。

なぜ、ほかの先生たちからは子どもたちの写真の「向こう側」の話が出てくるのだろう。

なぜ、たまご焼きを見て、その子が家でたまご焼きを作っている場面を想像するのだろう。

なぜ、それぞれの家族の心情にまで触れるのだろう。

子どもがひとりで弁当を作り、それを持ってきて食べた。それだけのことではないのか。

自分は弁当を作らなかったが、それは校長にも認められた行為のはずだ。後ろめたい気持ちになる必要はない。

しかし、教師経験十二年目にして、結城先生の自信は揺らいでいた。

ほかの担任たちと同じように、行事ごとに写真を撮り、掲示物も作って貼り出した。それで仕事はこなせていると思っていた。なのに、ほかの三人と自分は何かが違う。今まではそんなことを気にかけなかったが、ここにきて何か心に引っかかるものがぬぐいきれない。


料理といえば、思い出す場面がある。

——運動会が午前中で終わればいいのにね。

結城先生が小学校三年生のとき。運動会が間際にせまった夜、台所で母親が父親に言った言葉は、二十五年以上も昔のことなのに今でも鮮明だ。

結城先生の母親は生命保険会社の外交員で、父親は地元の農協職員だった。二つ下に妹がいて、母親は同居の実母に家事のほとんど、そして育児の多くを頼っていた。

母親は箱入りの一人娘で、家を継ぐために父親を入り婿として迎えた。安定した職にある地元の男性が来てくれたことを喜び、娘夫婦への支援を惜しまなかった祖父母だが、祖父は還暦すぎに糖尿病で亡くなり、その三年後には、祖母も急性心不全であっけなく他界した。

祖母が元気なころ、運動会には決まって豪華な弁当がしつらえられた。巻きずしやいなりずし、サンドイッチにたまご焼き、ウインナー、エビフライ、から揚げ、お煮しめ、ポテトサラダ……。祖母の手料理がびっしり詰め込まれた重箱を囲んで、六人で食べる昼休みが待ち遠しかった。

「運動会が午前中で終わればいいのに」は、その役目がすべて母親にめぐってきたときの言葉だ。

「弁当作り、実家のばあちゃんに頼むか」

そう父親が気遣ったが、母親はすぐに退けた。

「そんなみっともないこと、できん」

あのころの母親は、慣れない家事と仕事の両立に心底疲れているように見えた。優先順位は仕事の合間に最低限の掃除と洗濯、そして炊事。みそ汁さえもお湯で溶くだけのインスタントで、結城先生は、帰ってきた母の疲れた顔を見ると、妹と一緒にねだった。

「お母さん、外でごはん食べようよ。ハンバーグが食べたい」

そうすることで、心なしか母親が安堵の表情を浮かべるのに気づいていたからだ。

母親は、スーパーの惣菜や冷凍食品を昼間に買い求め、台所にメモを残して、夕方からの保険外交に出かけた。家族そろっての食事はなかなかできなかったが、子どもたちが「おいしかった」と言った惣菜は覚えていて、よく買ってくれた。父親もそんな我が家の食生活に不満を言うことはなかった。

高校生になるころ、少しずつ田舎にも姿を現し始めたコンビニは、大学入学と同時に始めた一人暮らしをきっかけに、今ではすっかり結城先生の生活の一部になっている。

あのコンパクトな店内に必要なものはだいたいそろっているし、いつも斬新な企画の新商品が目を楽しませてくれる。家路につくたびに違う店を訪れ、店内をチェックすることが結城先生の唯一の楽しみであり、日課だった。

自分の行動範囲にある店はすべて知り尽くしている。店内のレイアウトも正確に把握しているから、時間のないときでも、一歩のむだもなく買い物をすませることができる。何より、教師の仕事は不規則で、大きな行事や研究授業があると学校を出る時間は遅くなりがちだ。独身で一人暮らしの結城先生にとって、コンビニの割高感は便利料として適正なのだ。

おなかがすいたら、わざわざ料理をしなくても、棚にはすでにできあがった商品がある。それに飽きたら、ときどき気に入った店で贅沢な夕食をとればいい。

こんなライフスタイルが、祖母が亡くなって以来、続いてきたのだ。

滝川小学校は教師になって三校目の赴任校で、今年で三年目になる。

山梨校長から五年生の担任を言われたとき、うれしかった。来年も持ち上がって卒業させたいと思った。昨年は理科の専科教員だったし、自分の学級担任としての力量を疑われているのか不安になり始めた矢先の仕事だったから、四月一日から張り切っていた。

結城先生は、「弁当の日」に乗り気ではなかった。だって、自分は料理ができなくても楽しい人生は送れる、というスタイルで生きている。

料理を作らない母親は母親として失格だ、という話をよく聞くけれど、結城先生はそう思わない。スーパーの惣菜を選びながら、母親は愛情を十分に注いでくれたと思っている。子育てに手抜きをされているとも思わなかったし、昨年嫁いだ妹も、料理に苦戦しているとは聞いたが、母親を責めるつもりは全くないと思う。

校長は、担任の弁当作りは各自の判断に任せると言った。職務命令でないのなら、弁当を作らなくてもペナルティはない。そのことを理由に校長が自分の評定を悪くすることも心配しなくていい。

第一、結城先生は料理ができない。

作らなくてもいいのなら「弁当の日」に持ってくる自分の弁当を、どの店の何弁当にするのかを迷うことのほうが楽しかったのだ。

結城先生は、いったん教室に帰ってから一時間後に職員室へ戻ってくると、プリンターに印画紙をセットして、また教室へ戻った。ころ合いを見て再び職員室に戻ると、すでにプリントは終わっている。三人の先生は、写真を全校生徒の見る廊下の掲示板に貼り終え、それぞれ帰路についていた。

三人にならって自分のクラスの写真を貼りながら、何度もむかむかとした。原因不明の不快感は、帰宅後も静かに忍び寄ってきては、結城先生を疲労させ、去っていく。三日たち、一週間たち、二回目の「弁当の日」を一週間後に控えたころ、やっとその不快感の根源にたどり着いた。

記憶の奥底の、存在も無視していた「開かずの間」のふすまが開くと、そこには小学三年生の浩二少年がいた。

運動会の当日、四人で囲んだのは料理が大好きだった祖母の重箱ではなく、仕出し屋の豪華な重箱だった。

それまでは、重箱のふたが開いた瞬間によみがえるイメージがあった。

巻き簾の中でキュッと握りしめられた巻きずし、甘辛く煮た油揚げに詰め込まれていくすし飯、フライパンの中でじりじりと焼けていくたまご焼き。プチプチと揚がるから揚げの鍋の前では祖母がほほえんでいて、その隣には、出来たてをつまみ食いをする自分がいた。

でも、仕出し屋さんの重箱が開いたとき、おいしそうにゆで上がったエビや焼き魚、たまご焼きやから揚げ、巻きずしやいなりずしの中に祖母はいなかった。

そのとき、浩二は思った。

弁当の向こうに、母親を探そうとすることは悪いことだ。

浩二が地域対抗リレーの三年生代表として選ばれて、母親は跳び上がらんばかりに喜んでくれた。それは小学生から大人までが参加して運動会のフィナーレを飾るリレーで、盛り上がりは一日のうちで最高潮に達する。

――運動会が午前中で終わればいいのにね。

でも、そのリレーは午後にあるのだ。

ぼくの走るところを母さんに見てほしい。

仕出し屋さんの弁当でいいから、午後もずっといてほしい――。

浩二は、食べ物の向こう側に、作り手を想像することをやめた。そしてこの記憶を心の奥深くにしまい込むと、しっかりとふたをした。

仕出し屋の弁当は十分においしかった。祖母が亡くなってから毎日のように食べてきたスーパーの惣菜も、コンビニの弁当も、自分が知らない人が知らないところで作っている。食べ物は食べる場面で楽しめればいいのだ。

母親も父親も自分を育てるためにがんばって働いてくれている。

料理をしてくれないことで不満を言うのは悪い子だ。

食べ物を提供してくれていることに感謝していればいいのだ。

結城先生は、他人の生活について踏み込んだ想像や臆測をすることは、他人の心に土足で上がっていくようなものだと思う。だから、「弁当の日」の写真を見ながらその向こう側、子どもの表情の向こう側に家族のありようを言うことは、ルール違反の気がしていた。

たとえば、ほかの先生たちが、自分がコンビニで弁当を買っている場面を想像してあれこれ話している。結城先生は思う。

「それって、俺の勝手だろうが」

弁当を食べたとき、弁当に含まれた栄養素が血となり肉となり、エネルギーになる。そして生きている。生きながらえている。

食材も調理方法も同じなら、母親が作っても知らない他人が作っても一本のエビフライは一本のエビフライだ。生きるために食べるのなら、誰が作ったかで栄養価は違わない。

母親は料理をしなかったが、生きるために食べさせることにおいて手抜きはしていない。

今のコンビニ中心の自分の食生活も間違ってはいない。それでも、結城先生は心の中で少しずつふくらんでいく不安を否定しきれなかった。

廊下に貼り出された四クラス分の掲示物。

ほぼ同じような条件下で撮影された、子どもたちと弁当の写真。

結城先生は、何度も何度も写真を見比べた。

自分のクラスの子どもたちは、全体的に表情が硬くて暗い気がする。はじける笑顔が少ない気がする。

自分が弁当を作らなかったことが、こんなふうに子どもの表情に影響を与えるということなのか。

職員室で、あんなにも楽しそうに延々と話が続くのは、初めてのような気がした。

子どもの成長を見つけて喜ぶことはたしかにいいことだけど、自分がその輪の中に入っていけなかったのは否定できない事実だ。二回目の「弁当の日」を一週間後に控え、自問自答を繰り返す中で、結城先生は結論を出した。

今度は、自分で弁当を作ってみよう。

今まで見えなかった何かが見えるかもしれない。

もしかするとそれは、教師としてとても大切なことかもしれない。

母親が忙しくて作れなかったのなら、自分で作ってもよかったのだ。


スーパーの自動ドアをくぐると、その広さにめまいがした。

天井も高く、棚の商品は多種で大量だった。自分はコンビニ店のサイズに適応しすぎたのかもしれなかった。

結城先生はハンバーグを作ることに決め、必要な食材や調味料はインターネットで調べた。

それらを全部見つけるまでに、いったい自分は店内を何歩歩くことになるのだろう――。

そんなことを考えながら、あとから入ってきた客に背中を押されるように売り場の通路へと進んでいく。

野菜、果物、鮮魚、肉、惣菜、乾物、調味料、乳製品……。

コンビニとの比較ばかりしている自分に気づいて、思考を切り替えた。

「小学校五年生の浩二少年がひとりでスーパーに買い出しに来た。これから作るのは〈栄養満点、ハンバーグ&ポテトサラダ弁当〉だ。少年は何を考え、何を感じ、どのように買いそろえていくか、子どもの立場で追体験してみよう。そうすれば、子どもたちの弁当箱の向こう側が見え始めるかもしれない」

広い広いスーパーを歩きながら、結城先生は、荒海に小さなボートで漕ぎ出す浩二少年になっていた。

幸ちゃんの「たまご焼き弁当」

無事に「弁当の日」を終えたその夜、幸ちゃんのお母さん、坂東さおりさんが職員室にやってきた。夕食もとうに終わった時間帯だ。

「秋山先生はいらっしゃいますか」

秋山なな先生は職員室の入り口に立っている坂東さんの顔を見て、「教室のほうでお聞きしましょうか」と応じた。職員室には、まだ七、八人の先生が残っていて、坂東さんの表情がほかの人には聞かれたくなさそうだったからだ。

坂東さんと二人で話をするのはこれで三度目になる。

最初は、四月に五年二組の担任になってすぐの家庭訪問のとき。そして一学期末、通知表を渡すときにはゆっくり懇談もした。

坂東さんはいつもわずかに倦怠感を漂わせ、子育てにはあまり関心がないようすだったけれど、その夜はどこか母親の優しさが感じ取れた。

秋山先生にとって、幸ちゃんは好きになれない子だった。

教師になって五年、毎年学級担任をしてきた。初日から自分の懐に飛び込んでくる子がいる。ちょっと遠くから、そのタイミングを計っている子もいる。もっと遠くにいるけど、こちらへの関心はそらさない子もいる。全く懐に入ろうとしない子も含めて、四月が終わるころには、子どもたちの気持ちをほぼつかむことができた。

でも、幸ちゃんはいつもすぐ近くにいるのに飛び込んでこない。こちらから近づこうとすると、おびえるようなオーラを発して遠ざかる。

そんなやりとりを何度繰り返しただろう。これは自分との相性の問題だ、と秋山先生は考えることにした。急ぐことはない。周りの子どもたちは自分のペースになじんでくれているし、幸ちゃんもいずれそうなってくれるだろう。あせらなくてもいい。そう思いつつ、とうとう十一月になった。

運動会も音楽発表会も、子どもたちはしっかりがんばってくれたし、同僚の先生たちの反応からも、その手応えは十分にあった。だけど、幸ちゃんとの距離感はそのままだった。秋山先生の心の奥深くに、小さな苦手意識が生まれていた。

教室の半分の照明をつけ、子ども用の机二つを向かい合わせにして、坂東さんに座ってもらった。

「先生にどうしてもお礼を言いたかったんです。ありがとうございました」

坂東さんはいきなり深々と頭を下げて、再びその顔が上がったとき、目には涙がにじんでいた。

「今日の『弁当の日』のことです。先生、私、料理はほとんどなんにもできないんです。小学生になる子どもが二人もいて恥ずかしいことですけど、料理はいつも近くに住んでいる義《は》母《は》に頼ってきました。だから、四月のＰＴＡ総会で、子どもだけに弁当を作らせる日があることを聞いたとき、つらかったです。子どもだけって言ったって、ほかの家では絶対親が作ることになる。そうしたら、親が作った弁当の品評会になる。私は何も作れないから、いくらがんばっても見劣りのする弁当しか幸に持たせられない。かといって、義母には頼みたくない」

「えー、幸ちゃんの弁当、とってもきれいに作れていましたよー。私の弁当よりよっぽど。あんまりおいしそうだったから、たまご焼き一切れ、交換させてもらったんです。ほんとにおいしかった。感動しました」

「そのことです、秋山先生。料理の上手なお母さんたちが作った弁当と比べたら、幸が自分で作った弁当は見栄えがしなかったはずです。私は弁当箱を包む幸を見ながら、教えてあげられなくてごめん、という気持ちで学校へ送り出したんです。幸は、そんな私の思いを感じ取って、家を出るときも自信のない顔つきでした」

秋山先生自身は、料理は全くしない。いや、できないと言ったほうが正確かもしれない。

ごはんも炊かないし、小学生のときの調理実習以来、たまご焼きさえ作ったことがなかった。ついつい仕事優先で、食べることはずっと二の次にしてきた。自宅通いだから料理はいつも母親任せで、母親が不都合なときは外食をするか、買ってきたものを適当に食べている。ファーストフードやお菓子ですませることも多いけど、少し便秘気味なこと以外、なんの問題もない。病気もしないで元気だし、体力も必要なだけは、ある。

「弁当の日」の今朝も、たまご焼きとシャケの塩焼き、小松菜のおひたしだけ作って、ごはんにはふりかけ、梅干し、彩りにプチトマトを入れただけの普通の弁当しか作れなかった。出来栄えには全く自信がない。

そんな自分の目から見ると、幸ちゃんのたまご焼きははるかに美しく、おいしそうだった。

「会社にいても、何度も幸のことを思い出しました。そのたびに机に座ったままうつむいて、弁当箱のふたを開けられないでいる幸の姿ばかりが浮かんできてつらかったです。それなのに、私が家に帰ったら幸が玄関まで走ってきて、もう、とっても興奮して、先生がほめてくれたよーって。先生、すごかったんです。あんなに喜んだ幸を見たこと一度もないんです。私のたまご焼きをみんなに見せて、お手本だね、って言ってくれた。それから、先生のたまご焼きは崩れて、焦げて、おいしそうじゃなかった、って……あっ、先生すみません」

坂東さんが急いで謝ったけど、秋山先生には、そんなことはどうでもよかった。

「幸ちゃんすごいねーって言ってくれた。食べるとき、先生と交換したんだよ。私のたまご焼きをね、先生がおいしーって言ってくれた。……そう言うんです」

そのとき秋山先生は、教卓で全員の弁当の写真を撮っていた。

自分の順番になると、幸ちゃんはいつものように、いや、いつも以上に緊張していたようだった。教卓の上に置かれた弁当箱のふたは閉まったままだ。

「幸ちゃん、開けて」

幸ちゃんがおそるおそるふたを開けると、その中身に思わず目を奪われた。

「おいしそー！」

ふりかけのかかったごはんと、ミートボールにポテトサラダ。一見普通の弁当が特別おいしそうに見えたのは、緑の鮮やかなブロッコリーの隣でひときわ輝くたまご焼きのせいだった。ふんわりと形の整った、きれいな生地の中に、白い渦がくっきりと見える。秋山先生はごくりとつばを飲み込んだ。

「見てよ、これー」と自分の弁当のたまご焼きを指さした。

「先生ね、目いっぱいがんばってこれだよー」

無残なたまご焼きだった。茶色く焦げて形は崩れ、もちろん断面の渦は確認できない。とうてい、同じ料理だとは思えなかった。

幸ちゃんの頭の中でぱちんと、何かがはじけた。

秋山先生は、みんなに呼びかけた。

「ねー、みんな、幸ちゃんのたまご焼き見てごらん。お手本だよ、これは。先生のは失敗の見本だー」

「幸が、私、秋山先生だーいすき、って部屋の中で跳びはねていました。それを見て、私、うれしくて泣きました」

坂東さんは、幸ちゃんの自慢をしに来たのではない。もちろん、秋山先生の料理下手を笑うつもりもない。違う何かを聞いてほしくて、学校を訪ねてきている。

秋山先生は、ふと山梨校長の言葉を思い出した。

「話をちゃんと聞くこと。それは、あなたを受け入れますということなのです」

しばらくの沈黙があって、坂東さんはぽつりぽつりと語り始めた。

「正直、子育てを楽しいと思ったことなどなかったのです。それから、料理もだめでした。

嫁いできて最初に夕食の支度を任されたとき、とっても緊張しました。義母は一切手伝ってくれず、たぶん、私の腕前拝見ということだったのでしょう。そして食事を終え、片付けを始めたとき、義母が言いました。

——さおりさん、あなたは仕事が大変だから食事の準備は全部私に任せて。

夫も言いました。

——さおり、そうしなよ。母さんは料理が好きだし、家も近くで時間もある。さおりは忙しいから、食事はできるだけ一緒に食べることにすればいい。

それはね、先生。夫は、私より義母の料理を食べたいということなんです。義母は、自分の息子には、おいしくないあなたの料理は食べさせたくないということなんです。三人とも、そんなことおくびにも出さなかったけど、わかっていました。本音が見え見えだったから、余計につらかった。針のむしろに座るってこういうことなんだと思ったくらい。自分は、妻として失格なんだと、そのとき心に刻み込んでしまったのです。

義父母の夕食時間より私たちのほうが遅くなるときは、私たちの新居で料理を作って食べて、義母たちは本家に帰っていきました。私たちは帰宅後に、義母が作ってくれた夕食を温めて食べればよかったのです。台所には朝ごはん用のみそ汁もおかずもできていたし、何種類かの常備菜があったから、私は一品も作る必要がなかったのです。こういうのを至れり尽くせりというんでしょうね」

坂東さんは自嘲気味に話を続けた。

「初めはつらかったけれど、毎日のように繰り返されると、もう自分を責めるのをやめました。苦しくて、自分自身が持たなくなったからです。正直、私が作るより義母の料理は多彩でずっとおいしかったし、義母は決して嫌がることなく、そして料理をしない私を責めることなく、台所仕事を続けてくれました。

育児も同じでした。仕事のストレスのせいか、私は母乳があまり出なかったので、粉ミルクに切り替えたのが早かったんです。そしたら、授乳も早くから義母に頼ることが多くなりました。授乳の仕方も、オムツの替え方も、離乳食の準備もぜんぶ義母のほうが上手で、私はいつもくやしい思いでいました。

私の腕の中で泣いている幸が、義母が抱くと泣きやんだこともありました。ほんと、つらかった。私の子だーって叫びたかった。でも、こんなにもお世話になっている義母に文句は言えなかった。口が裂けても……。

だから、幸には、早く大きくなってほしい。早く手がかからなくなってほしいとばかり考えていたんです。それは、幸に、早く義母から自立してほしいということです。自分の負い目が軽くなるからです」

秋山先生は独り身なのに、なぜか、痛いほどわかった。こんな話、私にしてくれていいのですか、とも思っていた。

「幸がいつもどことなく暗い感じがするのは、そんな私の鏡だからです。そのことはわかっていたけど、どうしていいかがわからなかったのです。でも、今日の幸の喜びようを見てわかりました。あの子がしたことをちゃんとほめてやればいいって。これまでの子育てを思い出してみても、ほめてやっていないんです。この年ならこれができて当たり前、といつも感じていました。

育てたのは私じゃない。義母だ。だから、幸が何かができるようになっても、それをほめることは義母をほめることになる。

ついつい、次はこれができるといいねって、もう一段上を要求していました。幸の中に、私を刷り込みたかったのかもしれません。幸もつらかったと思います。今になって、思います。幸ちゃん、ごめん」

坂東さんは肩を揺らして秋山先生の前でひとしきり、泣いた。

秋山先生も泣いた。こんな思いの中で子育てをしている親もいるのだ。幸ちゃんと出会って八か月もたつのに、どうして彼女の背景を気にかけてこなかったんだろう。

「だから先生に、お手本ってほめられたのがうれしかったんだと思います。これまでも、次はこれ、じゃなくて、これでじゅうぶん、って言ってやればよかったんです。先生、私、なんだか、子育てを楽しめそうな気がします。それがうれしくて、うれしくて、秋山先生にお伝えしたかったんです」


坂東さんは、二つの荷物を下ろそうとしている。

料理ができないという荷物。子育てを義母に依存しているという荷物。重たい荷物だったけど、下ろしたあとの自信が持てなかったから、ずっと背負ってきた。

だけど、なんとかなりそうだという手応えを持てた。それは調理や子育ての技術ではなかった。

――子どもの成長を素直に喜べば、子育ては楽しくなる。それさえあれば、なんとかなる。

坂東さんにそんな自信を与えたのは、幸ちゃんの喜びようだったのだ。その宣言に来たのだ、私を相手に。

「先生、負うた子に教えられ、って本当ですね。本当にありがとうございました」

坂東さんは、もう泣いていなかった。

何度も頭を下げて帰っていった坂東さんを見送って、秋山先生はしみじみと思った。自分のことだ。坂東さんの気づきは、そっくりそのまま、今の自分に当てはまる。

秋山先生は、小学校から大学まで、親を満足させる程度に成績優秀を通した、いわゆるいい子だった。教員採用試験の難関も、万全の事前準備をもって、なんなく突破した。

子どもたちから尊敬されるよう、いつも完璧なふるまいをすること。事前にきっちり準備をして、計画通りに授業を進めること。幼く、ミスだらけの子どもたちを細かく指導し、ときには強く叱りながら完璧なクラスをつくり上げること。それが教師のあるべき姿だと思ってきた。実際、そうすることで、校長や教頭、先輩教師からの「秋山先生はしっかりしている」という評価を、照れくさくも当たり前のように聞いてきたのだ。

しかし、今日の弁当のたまご焼きに関しては違った。自分は、幸ちゃんのたまご焼きを見て、クラスのみんなに向けて敗北宣言をした。

そうだ、敗北宣言だったのだ。こんなことは初めてだった。どうしてそれができたのか、坂東さんの話を聞きながら考えていたら、思い当たるふしがあった。それは、自分が食生活を軽んじていたことだ。

死なない程度に食べてればいい。料理ができないことは、致命的ではない。

そんな意識でこれまで生きてきたから、今朝だって、食材が胃袋におさまれば同じ、と思いながら弁当を作った。

幸ちゃんのたまご焼きに感動したのは事実だし、クラスの子どもに見本だよ、と紹介したのも正直な気持ちだった。なんのこだわりもなかったから言えた、敗北宣言だった。

これまで、うまくやってきていたはずの学級経営に、秋山先生はどこか納得していなかった。自分のクラスの子どもたちは明るく活発だけど、表情はどこか硬く、ゆとりがない。子どもたちの顔を見ていると、開け放ったカーテンの裏に、もう一枚、レースのカーテンが残っているような感覚がいつもあった。

——ここができてないね、次はもっとがんばろう。

これまで、自分が子どもたちにかけてきた言葉を思い出したら、きゅっと胸が痛んだ。子どもたちの表情は、私の鏡だったんだ。それが、レースのカーテンの正体だったんだ。

あのとき、教室で見た幸ちゃんの笑顔は覚えている。でも、それ以上の笑顔を、幸ちゃんはお母さんに見せたようだ。

その場にいたかったな——。

秋山先生は、職員室で帰り支度をしながら考えていた。明日、幸ちゃんが学校に来たら一番に言ってあげたい。

幸ちゃん。
お母さんに、秋山先生だーいすき、って言ってくれたんだってね。
先生も幸ちゃんがだーいすき。
それから幸ちゃんのお母さんもだーいすき。

そしたら、幸ちゃんはその笑顔を私にも見せてくれるだろうか。

美紗ちゃんの「メンチカツ弁当」

美紗ちゃんが玉ねぎのみじん切りをしてみせた。

半分に切った玉ねぎに包丁の先で細い切り込みを入れ、向きを九十度回して細かく刻んでいく。できあがった玉ねぎの山を包丁で小さくまとめたら、左手で刃先を押さえ、上からさらに小さく押し切っていく。

お父さんも挑戦したけど、あまりにも不器用で吹き出しそうになった。そしたら、お父さんをかばうように、隣にいたおばあちゃんがつぶやいた。

「お父さんになんにもやらせなかったのは、おばあちゃんや」

大きなボウルに合いびき肉と玉ねぎのみじん切りを入れ、たまごと塩、こしょう、白ワインを加えてこねる。タネをわしづかみにしたときの、指の隙間から軟体動物のようにはみ出してくる感触が気持ちよくて、気持ち悪くておかしかった。

ボウルの前に二人並んでメンチカツのタネをこねたら、お父さんの手と美紗ちゃんの手が何度もぶつかった。

この前、お父さんの手と自分の手が触れたのはいつだっただろう。

そんなことを考えながら、タネを丸め、小判形に整えていく。意外にも、この作業は美紗ちゃんよりお父さんのほうが断然うまくて、速い。薄力粉をまぶして溶きたまごを絡ませ、パン粉をつけるのも、お父さんのほうがうまかった。

「お父さん、すごい」

「もしかして、料理の才能があるかもしれんな」

「さっきのみじん切りからは、そうは思えんけど」

二人は、目を合わせて笑った。

おばあちゃんが準備してくれた油の入った鍋の底からは、小さなあぶくがゆらゆらと揺れながら、列をなして上がっている。

「そおっと入れて、さっと手を引っ込めなよ。やけどするから」

おばあちゃんのお手本に続いて、お父さん、美紗ちゃんが鍋にメンチカツを入れたら、あっという間にパン粉の焦げる香ばしい匂いが台所に広がった。

鍋の中で返されながら、少しずつきつね色が濃くなっていくメンチカツを見ているうちに、美紗ちゃんは思った。

――幸せに色や匂いがあるなら、この色とこの匂いやな。

三人が台所に立ったのは、「弁当の日」を間近に控えた夕方、寺西先生がうちに来た一週間後のことだった。

四年生のときにお母さんが離婚して出ていってから、美紗ちゃんはずっと不機嫌だった。

だって、お父さんとおばあちゃんは何かにつけお母さんの悪口を言うけど、私はそんなの聞きたくもない。

二人の悪口が始まると、美紗ちゃんはどんどんと廊下を踏みつけて自分の部屋へ向かった。荒っぽくドアを閉めてどすんとベッドに倒れ込み、お母さんの笑顔を思い出す。いつも優しくて、大好きだったお母さん。

だけど、と美紗ちゃんは思う。お母さんにとって、きっと私はじゃまだったんだ。そうじゃなきゃ、私も連れていってくれたはずだ。

——どうせ私なんか。

暗い気持ちが閉まりきり切らない水道みたいにぽつりぽつりとしたたり落ち、心の中はいつもじめじめしていた。美紗ちゃんがコンビニで万引きをして大騒ぎになったのは、そんな五年生の四月のことだ。

家庭訪問に来た新任の寺西先生の前で、お父さんは言い訳するように言った。

「母親が出ていったから、美紗にはつらい思いをさせているんです」

こんなことまでお母さんのせいにするなんて、と美紗ちゃんが言い返すより先に、寺西先生が深々と頭を下げた。

「もともと美紗ちゃんは、こんなことをする子じゃありません。私がもっと気をつけていれば、美紗ちゃんは万引きをしなかったと思います。すみません」

美紗ちゃんはびっくりした。

徹底的に怒られると覚悟していたのに、先生は万引きを「自分のせいだ」と言ったのだ。お父さんもおばあちゃんもあっけにとられて「はあ」とか「いや」とか言っていたけど、結局、先生は最後まで美紗ちゃんを責めるようなことを言わずに帰っていった。

先生はそれからも折にふれて優しく声をかけてくれ、美紗ちゃんのとがっていた気持ちはだんだん丸くなっていった。教室にいるときだけは、心の中に温かい風が吹いているようだった。

美紗ちゃんは、「弁当の日」が始まるのをみんなのように素直に喜べなかった。うちの台所にはいつもおばあちゃんがいて、顔を合わせれば言い合いになるのが目に見えている。そうなれば、とても弁当作りを楽しむ気分になれない。

美紗ちゃんは家に帰ると、おばあちゃんがいないときをねらってこっそり台所に立った。学校で教えてもらったことを忘れないよう、調理実習で作った料理は必ずもう一度作ってみる。野菜炒め、ポテトサラダ、みそ汁、たまご焼き。教室でみんなが料理の話をしていたら、コツや隠し味はしっかり聞いておいて、自分も試してみた。

でも、美紗ちゃんの秘密の練習はたいてい、おばあちゃんの小言の原因になった。包丁やまな板をきれいに洗えていない。野菜くずの片付けができていない。使った調理器具が元の位置に返されていない。

腹が立って言い返すこともよくあったけど、美紗ちゃんは台所に立ち続けた。だって、二人は「おいしい！」とほめてくれることはなかったけど、美紗ちゃんが作ったものを残さず食べてくれるのだ。食べてくれているということは、合格ラインに達しているということだろう。それに、一品なり二品なり、おかずが増えていることはおばあちゃんにとってもありがたいことなのかもしれない。料理を作るようになってから、なんとなくおばあちゃんやお父さんのぼやきが減っているような気がする。

そういえば、お母さんはほとんど料理をしなかった。

お母さんが帰ってくるのはいつも九時ごろだったから、たいてい夕食の準備をするのはおばあちゃんで、おばあちゃんが作れないときは、お母さんはスーパーでお惣菜を買ってきて食卓に並べた。チンするだけで食べられる冷凍コロッケや冷凍シュウマイ、お湯で溶くだけのみそ汁もよく出た。おばあちゃんが作ったみそ汁ほどおいしくはなかったけれど、食べられなくはなかった。

ある日、教室で料理の話題が続いているうちに、ふと寺西先生が言った。

「あー、メンチカツが食べたいなー」

みんなに理由を聞かれて、先生ははにかんだように答えた。

「先生が子どものころ、一番好きやったおかずがメンチカツや。よくお母さんが作ってくれてな、サクサクで、玉ねぎがいっぱい入ってたっけ。ああ、食べたいな」

その顔があんまり幸せそうで、美紗ちゃんは思った。

――「弁当の日」に、とびきりおいしいメンチカツを作って食べさせてあげたい。

だけど、それを知ったおばあちゃんは大反対した。

「むりや、危ないわ。火事になったらどうするん」

野菜や肉を切ったり、フライパンを使って炒め物をするのは文句を言いつつ許してくれていたおばあちゃんだけど、揚げ物だけはひとりじゃ絶対だめだったし、お父さんも同じだったから、その夜は大ゲンカになった。

美紗ちゃんは懸命に主張したけど、話は平行線のまま、ドクドタ、バタン、と部屋に戻ってベッドに体を投げ出した。

今ごろ、二人はまたお母さんの悪口を言っているんだろうな。

そう思うと、暗い水漏れが細く細く、糸のようにつながって落ち、心の中に大きなしみが広がっていった。

　数日後、お父さんが寺西先生をうちに呼びつけた。

　居間の座卓に寺西先生とお父さんが向かい合って座り、おばあちゃんはお茶を出すと、隣の台所に下がって戸を閉めた。

　美紗ちゃんは、父親失格だと思っているお父さんが大好きな先生を呼びつけたことがつらかった。今まで何度も私を助けてくれた先生なのに。

　隣の部屋で息を殺して聞き耳を立てていたら、ふすまの向こうからお父さんのきつい声が聞こえてきた。

「『弁当の日』をやめてくれんかな、先生。母親のいるところは楽しく練習しているらしいけど、先生も知っての通り、うちには母親がおらんのや。そんな子にとって『弁当の日』はかわいそうやと思いませんか。給食をわざわざやめてまで、なんで弁当を持ってこさせるんですか。美紗はその日、欠席するかもしれん。そのときは責任取ってくれますか」

　そして、お父さんはこうまで言ったのだ。

「四年生まで美紗はいい子やった。五年生になって、先生が受け持ってから美紗は悪い子になってしもうた」

――うそばっかり。

美紗ちゃんは、あふれてくる涙を止められなかった。

お母さんがいなくなってから、お父さんは私を避けるようになった。小さいころから、「美紗はお母さんに似てかわいいな」って言われてきたのに、離婚してからは全然言ってくれない。お母さんに似ている私を見るたびに、お父さんは腹を立ててきたんだ。

万引きをしても、友だちをいじめても、お父さんは私のことをよその子みたいに思ってる。自分の子じゃないほうがいいと思ってる。

私はお母さんだけじゃなく、お父さんにも捨てられたんだ。

私、大人になりたくない。

親にもなりたくない。

私みたいなかわいそうな子は増えないほうがいい。

そう思いながら息をひそめ続けていると、長い長い沈黙の後に、またお父さんの声が聞こえてきた。

「たしかに子どもだけで作る『弁当の日』で育つこともあると思う。そやけどな、一人ひとりの子どもの家庭の事情を考えたら、傷口に塩をすり込むようやと思いませんか。クラスの子ども全員の家庭訪問をしてるんやったら、かわいそうな思いをする子がいることぐらいわかるやろう。なあ先生、弱い子は助けないかん、守ってやらないかん言うてるんと違うんか」

美紗ちゃんの目から、涙がポロポロ落ちた。

大声で怒鳴り込みたくて、ふすまに手をかけようとしたそのとき、ずっと黙っていた寺西先生が口を開いた。

「お父さん、母親がいないから美紗さんがかわいそうだと言いましたね。そしたら、私はかわいそうな子ですか。母は、私が中学生のときに離婚して出ていきました。どうしても同居の祖父母とうまくいかなかったからです」

美紗ちゃんは驚いた。

先生も父子家庭だったんだ。

「私は、私をかわいそうな子だと思っていません。父がそう言って育ててくれたからです。お前はかわいそうじゃない。母さんと愛し合ったからお前は生まれた。かわいいから二人で育ててきた。母さんと父さんは別々に暮らすことになったけど、父さんがお前を一人前に育てる。それを母さんも願っているはずだ――、そう言い切ってくれました」

先生は、一呼吸置いて続けた。

「お父さんは、お母さんがいないから美紗さんはかわいそうだと言っておられるんですね。それなら、今の美紗さんはかわいそうかもしれません。親から、この子はかわいそうだと思いながら育てられたら、かわいそうな子です。でも、そうなったことにお父さんの責任はないんですか」

「うちの離婚の責任を、他人の先生が俺に言うんか。あれは、出ていった母親が全面的に悪いんや。浮気なんかしやがって。おまけに浮気相手と再婚までしやがった。あいつに、子どもを育てる資格なんかないんや。だから、俺が美紗を引き取ったんや。あいつもそれを認めたんや。あんたに家庭内のことであれこれ言われる筋合いはないわ」

「お父さん、美紗さんを育てるつもりで引き取ったんですよね」

「当たり前やないか」

「だったら、おかずの作り方を教えてやれる母親がいないから、美紗さんはかわいそう、というのはおかしいです。母親のいない子はメンチカツを作りたいと思ったらだめなんですか。母親が教えてくれるべきことを教えてほしいと思っちゃだめなんですか」

今、美紗さんに母親がいないことについて、彼女にどれだけの責任があるというんです。美紗さんは、お母さんがいなくても自分で弁当を作れるようにがんばっているんです。家庭科の先生が私にうれしそうに話してくれました。美紗ちゃん、がんばってたよーって。ときどきでも、美紗ちゃんが家族の晩ごはんを作れるようになるといいねって、目を細めて話してくれました。美紗さんは美紗さんで、いなくなったお母さんの穴を埋めようとしているんです。

お父さんね、私はかわいそうな子ではありませんでした。母親はいなかったけど、私を、必死で一人前にしようとする父親がいたからです。母親がいたらしてくれるだろうと思うことを、父親がしてくれたからです。そして、母親が産んでくれたから私は、今、生きているんです。だから、私は今も母親に感謝しています。

お父さん、私はかわいそうな子じゃないです。母親がいない子はかわいそうな子だ、なんて決めつけて言わないでください」

先生は、声を震わせながらそれだけ言うと、台所のおばあちゃんに挨拶もしないで帰っていった。

三人で作ったメンチカツを食べながら、おばあちゃんがぽつんとつぶやいた。

「こんなふうに、お母さんがいるときに、ときどき一緒に過ごせてればよかったね」

そして、大きな涙を一粒落として続けた。

「お母さんを追い出したんは、私かもしれん」

お父さんが続いた。

「俺もそう思った。家族で一緒に作って一緒に食べること、してこんかった。あいつ、うちの台所は居心地が悪かったんやろうな」

そのとき、美紗ちゃんは気づいた。ときどき、どうしようもなく心を暗くしてきた水漏れの意味に。

お父さんとおばあちゃんは、お母さんの悪口をいくら言っても、それは他人のことなんだ。でも私は違う。お父さんとお母さんが溶け合って、私はできてる。私の半分は、うちから出ていったお母さんなんだ。だから、お父さんとおばあちゃんがお母さんに言う悪口は、そのまま私への悪口になる。

心の中に落ちていたあのしずくは、この家の雨漏りだったんだ。

二人がお母さんの気持ちをわかろうとしてくれた瞬間に、そのしみは、みるみる乾いていくようだった。


「弁当の日」の朝、美紗ちゃんは寺西先生に、こっそり弁当を見せに行った。

「先生見て、このメンチカツ。私ひとりで作ったんよ。お父さんもおばあちゃんも台所で見守ってくれてたんや。二人とも泣いとった。一個、食べてください」

たちまち、寺西先生の目に涙があふれてきて、落ちた。

「よかったな」

先生の声は裏返っていた。

「はい。先生」

美紗ちゃんは晴れ晴れとした顔で、友だちのほうに戻ろうとして振り返った。

「先生、私も、かわいそうな子じゃないです」

ここまで言うと一息入れて、「お父さんがそう言ってくれました」。

美紗ちゃんは弁当箱を持って、友だちの輪の中に入っていった。

ユースケの「アジフライ弁当」

「ユースケくん、こないだは助けてくれてありがとう」

帰り道で不意に呼び止められ、ユースケは面食らった。

学校一の秀才が、まっすぐにユースケを見つめている。緊張しているのか目に涙をためてはいるけれど、その視線は、ほかのやつみたいに怯えてもいないし、威嚇するようでもない。何より、ユースケがクラスメイトにお礼を言われるなんて初めてのことだ。

「気にせんでええよ。なんにもなくてよかったな」

ぎこちなくそう答えると、ヒデトはほっとしたように顔を輝かせた。

「ありがとう、ほんとにありがとう」

声を震わせながら、うつむきがちに天満宮の脇を走り抜けていったヒデトを見て、隣にいたケイタがつぶやいた。

「ヒデトの家も同じ方向なんやな」

「そういえばアイツ、ちゃんとお礼を言うように、って寺西先生に励まされてた。小心者のガリ勉やと思ってたけど、なかなか堂々としとったな」

トンちゃんも感心したように言ったけど、ユースケは上の空だった。慣れない「ありがとう」がくすぐったくて、なんだか落ち着かなかったからだ。

あれは五年生になったばかりの、土曜日の午後だった。

ユースケがトンちゃんとスーパーの脇を通りかかったら、塾帰りのヒデトが中学生に捕まっていた。カツアゲだ。ユースケはいら立った。その日は朝からむしゃくしゃしていたし、何より、自分より弱そうな小学生を標的にしようとするのが気に入らない。近寄って、いつもの「あの目」でにらみつけてやったら、中学生はおじけづいたように逃げていった。

ユースケの「あの目」を、母さんは「ケモノの眼」だと言う。それは、母さんの髪をつかんで壁に打ちつけ、太ももに抱きついて止めようとするユースケを見下ろす、あの父親の目のことだ。

やっと母さんが離婚してじいちゃんやばあちゃんとの新しい生活が始まったというのに、自分でも気づかないうちに、ユースケは大嫌いなアイツの役割を演じ始めていた。

「ユースケ、ケモノの眼になってるよ」

母さんの言葉で我に返ると、ついさっき吐いた暴言や、蹴飛ばした洗濯物の山に気がついた。相手かまわず狂暴になることがユースケにはあって、学校では同級生ばかりか、上級生からも恐れられている。むしろ、みんなが嫌がることをして、そのリアクションで自分の存在を確かめたかったのかもしれない。

でも、改まってヒデトにお礼を言われたことで、何かが変わった気がした。こんな俺でも、誰かの役に立てることがあるんだろうか。

――たぶん、あれが最後の「ケモノの眼」やな。

五年生の秋に感じた予感は当たり、それ以来、ユースケの気持ちは少しずつ静かになっていった。寺西先生のつくるクラスの穏やかな雰囲気が、肌に合っていたのかもしれない。もう、誰かをにらみつけて威嚇する必要はないんだ。

六年生になった今では、それまでの乱暴な気持ちがうそのように消えていた。


一回目の「弁当の日」で、ユースケが自分の弁当に〈ふつうの弁当〉と名前をつけたのは、ばあちゃんに作ってもらった弁当に、さも自分が作ったような名前をつける気持ちにならなかったからだ。

離婚してから仕事が忙しい母さんに料理を教わる時間はないし、ばあちゃんは、「男は台所に立つもんじゃない」と言うから、それならとばあちゃんに弁当を作ってもらうことにした。中身は冷凍ハンバーグにきんぴらごぼう、たまご焼き、ほうれん草のごま和えに、シイタケ、レンコン、こんにゃくの煮物。ごはんには茶色っぽいふりかけがかかっていて、キュウリのしば漬けが添えられていた。

家に帰って、ばあちゃんから弁当の感想を聞かれると、ユースケは素直に答えた。

「うん、お母さんが手伝った子の弁当に比べたら、ちょっと茶色っぽくて暗い感じがした」

ばあちゃんが少しむっとしたので、ユースケはあわてて続けた。

「でも、おいしかったよ。ただな、自分で作ってないことがちょっとかっこ悪いと思ったから、二回目はできるだけ自分でがんばってみるわ」

ユースケは、本当にそう思っていた。料理なんてどうでもいいやと思っていたけど、この間のヒデトを見て、ちょっと気持ちが変わったのだ。

ヒデトには、両親からもらった頭のよさがある代わり、運動神経の鈍さは半端じゃない。スキップさえできないし、ドッジボールでは自分に向かってくるボールを見ると、かわすどころか固まってしまう。手先も不器用で、キュウリの輪切りさえ満足にできない。

なのに今、厳しすぎる教育ママに逆らって、自分ひとりで弁当を作ろうとしているのだ。

ユースケは、少しあせっていた。

カツアゲ事件以来、自分はヒデトの兄貴分になったつもりでいた。勉強以外で、ユースケがヒデトに負けるものはない。スポーツ、ルックス、着こなし、女子からの人気、男友だちの数、世間の常識、そして腕力。

そんなヒデトに、〈スイッチひとつ弁当〉で、ユースケは逆転満塁ホームランを打たれた気分だった。どちらかといえば、力任せに振り回したバットにたまたまボールが当たったような感じだったけど、それでもあのときのヒデトはかっこよかった。弁当を食べるときも、ずいぶん女子から人気があったみたいだ。

そのとき、ユースケは気づいた。ヒデトの成績がいいのは、ヒデトが両親からもらったもののおかげ、いうなら遺伝子のおかげだとずっと思ってきたけど、そうじゃない。たぶん、うちのクラスで一番たくさん勉強しているのはヒデトだろう。しかも、すでにあれだけ頭がいいのに、学校の勉強だけじゃなく、塾の勉強も手を抜こうとしない。だとしたら、その努力こそがクラスでダントツの成績の要因だ。

弁当作りは子どもの仕事じゃないと一番に文句を言っていたヒデトが、真剣に料理と向き合おうとしている。ヒデトの強さは、このチャレンジ精神にあるんだろう。勉強が弁護士へのチャレンジで、弁当作りも自立へのチャレンジ。

うかうかしてると、自分はヒデトの兄貴分でいられなくなる。

ユースケは、図書室で子ども向けの料理本を探し、包丁の使い方や料理の基本を調べると、晩ごはんの準備をするばあちゃんの手伝いをするようになった。

台所に立つと、いくつもの発見があった。たとえば同じにんじんが、サラダ、野菜炒め、みそ汁と、料理によって形を変えていること。それぞれに歯ごたえが違うこと。

「ばあちゃん、いつもこんな工夫してくれてたんや」

そう驚くたびにばあちゃんは喜んで、もっと丁寧に教えてくれるようになった。

中でもユースケが一番感動したのは、見えない手間ひまのことだ。

いつも食べているみそ汁を作ろうと思ったら、まずはだしを取ることから始める。

煮干しは頭とわたを取り、昆布にははさみで切り目を入れて、鍋に張った水に入れる。

「時間がかかるもんは最初にな。すぐに火はつけない。十分くらい水につけといて、それから火をつけること。特に昆布は水のうちにいいだしが出せる」

ばあちゃんの教えに従って、玉ねぎ、にんじん、大根、しめじと具材を切り終えたころ、やっとガスに火をつけた。

「昆布は湯が煮立つ前に鍋から出さんと苦くなる。煮干しは沸騰した後も火を弱めてしばらくそのまま。そのときに鍋のふたはしないこと。煮干しくささをとばすんや」

ばあちゃんは、金魚すくいのような形の網で煮干しをすくい取ると、小皿に載せてしょうゆをかけ、スダチの汁を数滴落とした。

「これは、じいちゃんの晩酌のさかな。だしガラやけど栄養はあるし、もったいないからって食べてるんや。貧乏くさいってよそでは捨てる人が多いけど、じいちゃんの好物や。食べてみるか」

じいちゃんが食べているのを見ても、一度も欲しいと思わなかった煮干しのだしガラは、アツアツを食べたら、だしの香りにしょうゆとスダチの味がさわやかでおいしかった。

「鍋の中に入れるのは、煮えるのに時間がかかるものからや。根菜は早くに、葉物はあとから」

「油揚げは最後のひと煮立ちぐらいでええ」

「豆腐は煮詰めすぎたらすが立つよ」

「みそをこすときは火を止めて。煮詰めると風味がなくなるから」

「ミツバは火を止める直前に入れたほうが、緑色が鮮やかやし、香りが立つからな」

それは、ユースケが考えたこともないようなことばかりだった。

できあがったみそ汁を見つめても、昆布や煮干しの姿は見えない。にんじんや油揚げ、ミツバがみそ汁に入った順番は見えない。

でも、見えないものにおいしさの秘密がある。

ばあちゃんに教えてもらいながら、ユースケはそれをヒデトに教えたいと思った。兄貴として、教える側でいたい。そのためにもたくさんの経験を積みたい。

二回目の「弁当の日」のテーマは〈チャレンジ弁当〉で、ユースケはアジフライを作ることにした。アスパラのベーコン巻き、マカロニサラダ、レタスやミニトマトも入れるけど、メインはアジフライだ。それも、尾頭付きのアジを買ってきて、自分で包丁を入れて作るのだ。揚げるだけの冷凍食品では、「チャレンジ」にふさわしくない。

ユースケは、スーパーの鮮魚コーナーで下ごしらえを見せてもらうよう、母さんに頼んでもらった。母さんも魚をさばいたことがないから、興味があったみたいだ。

「何匹です？　やっときますよ」

店のおじさんは言ってくれたけど、ユースケは断った。

「自分でできるようになりたいんで、見せてほしいんです」

「それは感心なこっちゃな」

おじさんは、ほかのお客さんが買った三匹のアジを、ゆっくりと開いて見せてくれた。アジのつかみ方や包丁の動かし方を注意深く観察してから、ユースケは五匹のアジと小さな出刃包丁を母さんに買ってもらった。

台所でアジを開き始めたら、これまでに経験したことのない動悸に驚いた。

今、自分は生き物の命を奪っている。

いや、もちろんアジはすでに死んでいる。でも、まな板の上のアジは生きていたときの姿のままなのだ。切り身で買った魚や、パックされた肉には付いていない眼が、しっかりとユースケを見ている。

ユースケは思い切ってアジの頭を落とすと、腹を切り開いてわたを出した。手のひらに、べったりと血がつく。

料理をすることは、生き物の命を奪うことなんだ。

――「いただきます」は、食材の命をいただきます、という意味です。

寺西先生や南先生、椎葉先生から何度も聞かされた言葉がよみがえってくる。生ゴミ入れの中のアジの眼を見ながら、ユースケは「ごめんな」とつぶやいた。

ウロコや尾びれ近くのトゲトゲをそぎ落とすと、開いた腹の中を水で洗い、布巾で水けを拭き取る。左手で背を押さえながら中骨にそって背まで開いていき、裏返して中骨を切り外す。最後に腹骨をそぎ切り、小骨を毛抜きで抜いた。

同じことを繰り返すうちに、少しずつ手際がよくなっていくのがうれしかった。しかも、隣で見守ってくれている母さんでさえ経験のないことだ。

ユースケは、自分が誇らしかった。

一回目の弁当作りは、ほとんどの子が家族の誰かに手伝ってもらっていた。本当に子どもだけで作ったのは、ケイタくらいかもしれない。

でも今回は、「ぜんぶ！」の一言が言えるかどうかで、胸の張り具合が全然違っていた。ある意味、弁当の完成度は下がっていたようにも見えたけど、みんなの顔つきは前回より格段に得意げだった。

中でも、成長のあとが見えたのはトンちゃんだろう。前回、コンビニ弁当の容器だったトンちゃんの弁当箱は、今度は普通の弁当箱になっていた。

「ぼくの挑戦は……、正直に言います。一回目はごはんを炊いておにぎりを作っただけでした。おかずは全部、買ってきたのを移し替えました」

「とっくにばれてるよー」

誰かが合いの手を入れて、みんなが笑った。

「だから、ぼくの挑戦は一つか二つのおかずを自分で作ることでした」

おー、と教室じゅうに拍手が湧く。

「それで、何を作ったのー」

女の子たちに聞かれてトンちゃんはふたを取り、中身を指さしながら答えた。

「ちくわキュウリと、ゆでたまごと、ウインナーソーセージとふりかけごはん」

そう言ったと同時に、「おー」と寺西先生がこぶしを突き上げたから、みんなも続いた。

このおかず三品では、料理を作ったと言えるほどではないかもしれないけど、トンちゃんが成長していることはみんなにもよくわかっている。トンちゃんの家に遊びに行くと、それまではコンビニの袋や空き容器であふれていた台所に、使ったあとが見え始めたのだ。

トンちゃんは、コロッケもシュウマイもサラダも指さなかった。みんな「残りは移し替えだ」と思ったけど、口には出さなかった。でも、寺西先生がうまく盛り上げたからもう、トンちゃんの報告はハッピーエンドだ。

このクラスの居心地のよさは、こういう瞬間の積み重ねなのかもしれない。教室の雰囲気が重たくなりそうなとき、いつも寺西先生がその空気を吹き飛ばしてくれる。だからみんな安心して、素の自分でいられるんだ。

ユースケは、そんなことを考えながら簡単に自分の弁当の説明をした。さばくところから自分でやったアジフライは、誰から見ても難易度が高い。前回ユースケが自分で作らなかったことはなんとなく気づいていたから、たった一か月での目覚ましい進歩に、みんなびっくりしていたようだ。

自分の席に戻る途中ですれ違ったヒデトは、一生懸命拍手しながら言ってくれた。

「ユースケは、やっぱりすごいなー」

そのヒデトの弁当は、〈スイッチひとつ弁当〉から〈包み直し弁当〉へと成長したらしい。

帰り道の天満宮で、ヒデトはぽつりぽつりと話し始めた。

「ぼくはお米をといだ。水の量は、自分で目盛り通り入れた。炊飯器の予約も、お母さんの手を借りずにした。たまご焼きは自分でたまごを割って作った。ウインナーも、自分でタコの足に切って炒めた。弁当箱を包んだ。お母さんからの自立が、ぼくの挑戦やった。だけど、水の量を玄米と白米で間違えてた。午前六時の設定でタイマーのスイッチを押したつもりが、午後六時の設定になってた。ぼくが作ったたまご焼きは、お母さんが焼いたたまご焼きに入れ替えられたし、タコウインナーも足がちぎれたから、お母さんが作ったのと入れ替えられた」

「なんで文句言わんのや?」

トンちゃんが尋ねると、ユースケが代わりに答えた。

「言っても勝てんわ。いつもそうされてきたんや。大人はなかなか変わらん。よう、我慢できたな」

ヒデトはユースケの言葉に目をうるませながらうなずいた。

「包み直し、っていうのは?」とトンちゃん。

「こんなふうにちゃんと包まんと恥ずかしいでしょって、ぼくが包んだ弁当箱さえ包み直された。恥ずかしいんはぼくじゃなくてお母さんやろ、って言いたかったけど、我慢した。くやしくて、学校に着く前、ここでもう一回、自分で包み直した」

「なんか、ぼくんちと比べたら地獄やなー」とケイタが言った。

四人の言葉が途切れ、境内の松の間を吹き抜ける風の音が急によく聞こえ始めた。しばらくして、ユースケがつぶやいた。

「ヒデト、最後の弁当はうちで作らんか。うちの台所を使ったらええ」

ヒデトは一瞬目を輝かせたけど、すぐにうなだれた。

「そんな時間はないわ」

「塾ばっかりやからか」

ヒデトは黙ってうなずいた。

「うそついて、塾を休んだらええ」

ヒデトは顔を上げると、ごくりとつばを飲み込んだ。そして、意を決したように言った。

「最後の手段やな。やらせて」

「よっしゃ。全部終わったあとで、俺が誘ったってお母さんに説明しに行くから安心しろ」

「いや、いい。ユースケのくれたアイデアやけど、うそをつくって決めたのは自分や」

ユースケはヒデトの肩を抱くと、勇ましく歩き始めた。ケイタとトンちゃんも、二人をまねて肩を組んであとから歩き始めた。ちらちらと舞い始めた雪は、まるでスターを包む紙吹雪みたいだった。

片親になった自分が、両親のいるヒデトの力になろうとしていることが不思議で、でもどこか心地よかった。ユースケがヒデトの肩をギュッとつかんだら、ヒデトもギュッとつかみ返してきた。

みんなと別れ、ユースケは滝川橋の歩道を歩きながらふと思った。

「今の俺はどんな目をしているかな」

この数か月で、みんながどんどん仲良くなっていく気がする。弁当を見せっこしながら、友だちどうしが家族みたいにわかり合えるのがうれしかった。あの教室は、ケモノの眼を必要としない、素顔で生きていられる空間なのだ。

ユースケはふと、先生になるのもいいかな、と思った。

渡辺先生の「まぼろし弁当」

「ちょっと裕子ちゃん、今、聞き捨てならんこと言うたな」

山岡のおばさんがにわかに気色ばんだ。

「私が、お母さんの最後の弁当を捨てたって」

声の大きさにびっくりして、みんなの視線が集まった。

「そんなことはせんよー」

その叫びは、はっきりと宣戦布告だった。


十二月の初め、母の二十七回忌の法要も終え、渡辺裕子先生は実家の仏前で親族と粗飯をいただいていた。お坊さんも帰り、身内だけになっていたから緊張も解け、お酒の酔いがみんなを開放的にさせている。

「裕子、お前の学校がこの間のテレビに出てたな」

お酒やウーロン茶で出席者をもてなしていた兄は、渡辺先生の前に来るとそう言った。

先月滝川小学校で実施された、子どもだけに弁当を作らせる取り組みがテレビ報道され、渡辺先生は六年二組の担任として画面に登場していたのだ。

「へー、そーなの」と隣にいた山岡のおばさんが反応した。

「うん、子どもだけで弁当を作らせて学校に持ってきなさいって取り組み」

「そりゃーええアイデアやな。子どもは喜ぶやろうなあ」
まるで他人事のような話しぶりだ。
渡辺先生は顔をこわばらせながら、冷静を装って応じた。
「うん。だけど、私はどうしても気分が乗らなかった」

これは本当のことだった。四月一日の職員会議で、椎葉栄養士から子どもが作る「弁当の日」の提案があったとき、渡辺先生は山梨校長がその提案を強く支えていることを承知で、正面切って反対した。

我が子がひとりで弁当作りをするのを支援できない家庭は少なくない。なぜなら、料理を全く作らない親が増えている。作れない親も増えている。家庭訪問をしたら、包丁やまな板がない家庭があった。水道、ガス、電気を止められることがあるという家庭さえあった。

そうでなくても、年間を通して、保護者からの苦情や怒りの電話に教員は疲弊しているのだ。この提案を受け入れれば、そんな電話はさらに増えるだろう。

朝ごはんや晩ごはんは家庭の責任だし、お昼は給食を食べさせれば、子どもたちは平等に空腹を満たすことができる。子どもがひとりで弁当作りができるところまで家庭科の授業で教えることは、教員の本来の仕事を越えている。その授業時間だって、確保が難しいのだ。

渡辺先生は、職員室の空気を代表するようにきっぱりと言った。

「……そんなかわいそうな子を、弁当作りで顕在化させないことは教育的配慮だと思うんです」


黙り込んだ渡辺先生を気にするふうもなく、おばさんはさらりと言ってのけた。

「ふーん、そんなもんかいな。子どもにとって弁当は特別やと思うけどなあ」

渡辺先生は耳を疑った。

子どもにとって弁当は特別？

一番言われたくない人に言われて、額のあたりで血管が音を立てた気がした。今日は兄の家、つまり実家に泊まることにしていたから、すでにお酒も進んでいる。ふと手元を見ると、箸を置く手が震えていた。

親戚付き合いもあるからと何度も飲み込んできた言葉が、喉元にこみ上げてくる。いつもなら我慢できるそれが、なぜか今日は止められなかった。

「だって、山岡のおばさん。私のお母さんが最後に作ってくれた弁当を、手つかずのまま、全部ゴミ箱に捨ててたでしょ。だから、私、弁当っていうとそのことを思い出して……」

あー、言っちゃった。とうとう言っちゃった。

二十七年もこらえてきたのに、止められなかった。

渡辺先生の母親は、二十七年前、出勤途中の事故で亡くなった。車で信号待ちをしていたときに、後ろのダンプカーに追突されたのだ。前の車もダンプカーだったから、母はつぶれた運転席に挟まれる格好になった。救急車で大学病院に運ばれたとき、すでに母の意識はなく、高校生だった渡辺先生はすぐに帰宅して病院に駆け付けたけど、言葉を交わすことはかなわなかった。

その日の朝、母が作ってくれた最後の弁当は、渡辺先生がリクエストして作ってもらった、「特別な」弁当だった。食べようとしたところへ親戚のおじさんが迎えに来てくれたから、そのまま食卓に置きっぱなしにしたのだ。病院から戻った渡辺先生が目にしたのは、空っぽになって食器かごに収まった弁当箱だった。

「弁当箱なら、中身も全部捨てて洗っといたよ」

ぼうぜんとする渡辺先生に山岡のおばさんは軽く言い放ち、人好きだった母の最後の弁当は「まぼろしの弁当」になった。

しまった、これでおしまいにしよう、と思ったけど、おしまいになるはずなどなかった。

おばさんは、顔を真っ赤にして叫んでいる。

「そんなことはせんよー」

渡辺先生は、興奮したおばさんをなだめようとした。

「いいのよ、お葬式の準備で台所はごった返していたし、仕方なかったと思っています」

「だからさー、私はそんなことしてないって。あんたのお母さんが作った最後の弁当を捨てるはずがなかろうが」

おばさんの口から飛び出した茶わん蒸しの黄色い破片が、渡辺先生の膝にかかった。

渡辺先生がティッシュでぬぐいながら、必死で落ち着きを取り戻そうとしていたら、おばさんが座布団をずらし、さらに身を乗り出してきた。

「法要の日に、お母さんの仏さんの前でなんてこと言い出すの。あんた、ずっと、私のことをそんなふうに思ってきたの」

仲裁に入ろうとした兄を、渡辺先生は制止した。

「今まで、このことで私がおばさんを責めたことあった？　ないでしょ。だから、このことはいいの」

「なんにもよくないよ。知らなかったとしてもそんな無慈悲なことをしたと思われてきたとしたら、たまったもんじゃないわ」

また茶わん蒸しが、今度は手の甲に張りつく。

ますます激昂するおばさんにつられて、渡辺先生は全面戦争を決意した。

「そこまで言うんだったら私にも言わせて。いくら時間がたっていたといってもね、十二月よ。何も捨てることはないでしょ。それを、まるで他人事のように、子どもにとって弁当は特別、なんて言わないでください」

「だから、手つかずの弁当を私が捨てるはずないよ。そんなことなら覚えているわ」

「急な告別式の準備で、家じゅう、親戚じゅうが慌ただしくしていたときだからありうる話だわ」

「わたしゃ主婦やで。そんなもったいないこと、いくら動転しとってもありえんわな」

「だって、食べかけの弁当があったはずだけど、と聞いたら、おばさんが言ったのよ。弁当の中身は全部捨てた、って。ゴミ箱の中でさえ、私が病院から帰ったときはもう片付けられていたの。あったのは空っぽの弁当箱だけ」

山岡のおばさんは首を左右に振りながら泣いている。渡辺先生も泣きながらおばさんをにらんでいる。もう二人は、遊園地のジェットコースターか、フリーフォール状態だ。いや、そのほうがずっといい。遊具施設には停車できる駅があるし、命綱がある。このいさかいの先に待っているのは恨みと憎しみ、そして親戚付き合いの消滅だ。

激しい口論に、周りはオロオロするばかりで言葉を挟めない。でも総勢でかかれば、この場はとりあえず収められるかもしれないというかすかな期待を持って、みんながそろそろと二人の近くに集まったときだ。

「ちょっと……、ちょっと待って」

兄が、遠い記憶をたどるような、うつろな視線で口を開いた。

「それって、母さんが亡くなった日の昼のこと？」

今まで何を聞いてたんよ、と怒りの矛先が兄に向かいそうになる。

「弁当なら、俺が食ったぞ」

「え？」

「食った。あー、間違いない」

みんなが「まさか」の表情になった。

「あの日、俺が大学から帰ったら誰もいなくて、台所のテーブルに弁当箱が置いてあったから……、朝飯も食ってなかったし」

「兄ちゃん、食べたの、その弁当！」

「うん」

「どんな弁当だった？」

渡辺先生は勢い込んで尋ねた。

「そりゃむりな質問や。二十七年も前の弁当の中身なんて覚えているはずが……」

一気に態勢を立て直したおばさんの言葉を、兄がさえぎった。

「いや、覚えてる！」

渡辺先生の涙が、瞬時に乾いた気がした。

「だって、母さんの最後の弁当になったんやから」

そうだそうだ、覚えていてよ！

覚えているべきだ！

母さんが私のために作ってくれた、最後の弁当を食べた責任者として！

「ごはんは、小さな三角のおむすびが一面に並んでいた。真っ黒いのやちょっと赤いの。うん、黒いのはのり、赤いのはシャケの身をほぐしたやつ。そうそう、ごまもあった。それが四個の三列で十二個」

実物を目にした者しか語りえないディテールに、薄れてしまった二十七年前の記憶が鮮明になってくる。

「三つのソースが別々のカップに入ってて、たしか、からしとケチャップとマヨネーズ。普通より小さめのから揚げに、からしをつけたり、ケチャップをつけたりして食べた。ブロッコリーやレタスにアスパラは、やっぱりマヨネーズがよかった」

それは、渡辺先生が友だちと交換しながら食べようと、雑誌の切り抜きを見せて母に頼んだ、まさしくあの弁当だった。

「あれってお前のための弁当やったんか」

「当たり前やん。お母さんが、県外に下宿してる大学生の兄ちゃんに弁当作るはずないわ」

「そやけど親父が電話で、すぐ家に帰れ、おじさんが迎えに行くまでに母さんが作ったごはんを食べとけ、って言うたで。こっちは事故のことも知らんから、俺の分やと思って……」

ここで初めて父親が口を出した。

「我が家の台所にあるごはんは全部、母さんが作ったごはんやないか。わしは冷蔵庫に入ってるものを適当につまんどけ、っていう意味で言ったんや」

「じゃあ、山岡のおばさんが捨てた中身っていうのは？」

「全部食べきる前に山岡のおじさんが迎えに来てくれたから、最後におにぎりとサニーレタスをつかんで病院へ向かった。口の中がいっぱいやったから手に持ったんや。つかみきれなかったんが残った。それが中身やろ。というても、完食したつもりやけど」

「思い出して。そのときの弁当箱の中」

「うーん。紙の小さなカップ三つ。ソースがまだちょっと残ってた。それと、ブロッコリーの破片。それから弁当箱にくっついてるごはん粒くらいやで。ごはん粒まできれいに食べきる時間はなかった」

「それなら、捨てた！」

山岡のおばさんがあっさり認めた。

「思い出した。食べかけの弁当、って言ったけど、私には食べきった弁当箱に見えた。なーんや、食べ終わってるやん。だけど、ごはん粒いっぱい残してもったいない。このごはん粒を食べきってないということなんかいな、と思うて、ごはん粒はつまんで全部私が食べた。ソースはカップについていた程度やったで」

兄がうなずいた。

「だから、ゴミ箱に捨てた弁当の中身は、三つのカップと仕切りのバランや」

おばさんは、そう言って大きなため息をついた。

渡辺先生は、混乱を解きほぐすようにゆっくりと言った。

「おばさん、ごめんなさい。食べかけの弁当、って言ったのは、今から食べようとした手つかずの弁当、という意味だったの。私はふたも開けていなかったんだから」

「私はそれを、ごはん粒いっぱい残したままの、完全には食べきっていない弁当と聞いたんや」

「でも実際は、俺がその弁当を食べきっていた」
「私は、食べ終わった弁当箱を片付けただけなんや。な、言うたやろ、食べてない弁当の中身を捨てたりしてないって」

渡辺先生はふと思い出した。二学期の職員会議で校長が朗読し、心を強く締めつけられた、あの文章を。

子どもはわかっています。
親がどれだけ自分のために時間を作ってくれたか。
どれだけ自分のことを考えてくれたか。
どれだけ自分の思いを受け止めてくれたか。
親と心が通ったという実感は子どもの心深くまで届き、
その経験が、子どもが生きていく原動力になります。
そして、その子どもが本来持っている力を引き出していきます。
「料理とは、食材の命に自分の命を和えること」
これが私の定義です。

「人間の体は、食べたものでできている」という医学的言葉に人間としての想いを込めたものです。
料理を作るために費やした時間はその人の寿命の一部なのです。
食べてほしい人のために、自分のために、寿命を費やしているのです。
その命にも感謝して手を合わせるのです。
「（あなたの命を）いただきます」

あの日、母は私のために、いつもより多くの時間を割いて弁当を作ってくれた。切り抜きを見て、「かわいい弁当やね」とほほえんでくれた、あの弁当にはまさに母の命が和えられていたのだ。私はその弁当をゴミにしたと、ずっと後悔して生きてきた。

でも、最後の弁当に和えられた母の命は、兄の体内に取り込まれていた。わずかなごはん粒でさえ、山岡のおばさんの体内に。母の命は、ちゃんとバトンタッチされていた。

二十七年間、ずーっと苦しんできた。だけど、これからは、もうこのことで悩まなくていいのだ。

「裕子ちゃんも、長い間苦しんだね。私が弁当箱を片付けたときのこと、もう少し詳しく話してあげていれば、こんな誤解されずにすんだんだね。長い間ごめんね」

「ううん、あのときはそんな余裕はなかったはずよ。それに、今、話を聞いてとってもうれしかったことがある」

うん？　という表情のおばさんに、渡辺先生は頭を下げて言った。

「弁当箱のごはん粒、全部食べてくれたんやね。ありがとうございました」

「いやー、恥ずかしい。人が食べ残したごはん粒食べたこと、しゃべってしもうてたんや」

おばさんが大げさに笑い、あたりを見渡したからみんなも大笑いした。

「おいしかった？」

「うん、とってもおいしかったよ」

おばさんは、母の遺影に向かって答えてくれた。


その夜、渡辺先生は久しぶりの実家の風呂に身を横たえて、四月一日の会議のことを思い出していた。

「……そんなかわいそうな子を、弁当作りで顕在化させないことは教育的配慮だと思うんです」

とどめを刺すような発言に、職員室が重い沈黙で包まれ、校長肝いりの提案は否決される間際だった。そして、進行役の南先生が校長に意見を求めようとしたときだ、寺西先生があの言葉をつぶやいたのは。

「ちょっと、寺西先生。今なんて言った」

「えっ、あー……。そしたら、かわいそうな子はかわいそうなままかって」

職員室の空気が大きくどよめいた。

かわいそうな子は、かわいそうなままか――。

胸を突かれたような思いがした。無意識のうちに、何人かの子どもたちの顔が浮かんでは消え、浮かんでは消え、そして最後に浮かんだのは自分の顔だった。

しばらくの沈黙の後、渡辺先生は静かに立ち上がった。

「私、『弁当の日』に反対するのをやめます」


あのとき、実は私も「かわいそうな子」だったんだ。でも、今は違う。

今度の「弁当の日」は、母さんの仏前に供える弁当を作ろう。

もちろん、私が食べ損ねた、母さんの最後の弁当だ。

そして、子どもたちにも紹介しよう。

この弁当が、時を超えて、お母さんと私を強くつないでくれているって。

エピローグ

ヒデトの「独立宣言弁当」

ヒデトは、鼻息を荒くして教室に入った。

手さげ袋の中に入っているのは、昨日、初めてひとりで作った弁当だ。包みをさわって、汁が漏れたりしていないことを確認すると、ほっとして机の中に入れる。

黒板のほうを見ると、寺西先生の大きな文字が躍っていた。


「弁当の見せっこをしないこと！

一時間目の弁当紹介をもりあげるために！

　　　　　　　　　　　　　　寺西先生」


みんな、包みのままの弁当箱を抱えてそわそわと目を輝かせている。教室に入ってきたユースケと目が合うと、ヒデトは包みを取り出して、小さくピースサインをした。

期待通りの、寺西先生のプレゼンで一時間目は始まった。黒板には〈思いをこめたプレゼント弁当〉と書かれ、弁当箱やおにぎり、フルーツなんかのカラフルなイラストが添えられている。先生がもったいぶって紙袋から取り出した弁当が真っ赤なハンカチに包まれていたから、教室は早くも大盛り上がりだ。

「あれは先生が大学四年生のとき、三つ下の後輩にかわいい子がいて、私はひそかに恋していました」

「待ってました、恋愛シリーズ！」

「三度目の正直、なるかー」

いつものように大げさに演技をしながら話す先生を、みんながうれしそうに見つめている。自分の失恋エピソードを織り交ぜながら弁当の紹介をするのが、寺西先生お決まりの発表パターンなのだ。

「研究室の秋のピクニックで、先輩の弁当作ってあげますね、って言われたとき、先生は天にも昇る気持ちでした。それで、ピクニックまでの数日間は完全にカレシ気分でいたのです。そして当日、先生は彼女から手作りの弁当を受け取るのです」

「おー、くるぞ、くるぞ、失恋の瞬間が」

「約束通り、彼女は先生に弁当を渡してくれました。でも五番目でした」

みんなが「えー」と声を上げた。

「彼女は弁当を六つ、先生を含めて五人の先輩に弁当を作ってきていたんです。そして、先生が渡されたのは五番目でした。先生は本命じゃなかったんです」

「本命やから最後になったのかもしれないですよ」と、美紗ちゃんがフォローした。

「美紗ちゃん、優しい言葉をありがとう。先生がもらったのは、こんな弁当でした。ゆかりごはんとハンバーグ。ピーマンと玉ねぎ、もやしの炒め物。レンコンのきんぴらに、オレンジ」

「おいしそー」

「でも実は、本命の弁当にはゆかりで〝スキ〟と書いてあって、二人は先月、結婚しました。この弁当は彼女にプレゼントしたかったけど、もう渡すことはできません」

「人妻やからなー」

トンちゃんのませた冷やかしを、みんなが少しとがめるようににらんだ。

「それでこの弁当のタイトルですが」

寺西先生はここで少し間をとり、大きな赤いハンカチを左胸にひょいと当てた。

「〈私の心は燃えていた弁当〉です！」

先生がこぶしを上げて叫んだら、みんなも「燃えていたー」と続いて大喜びだった。

みんながそれぞれの力作について話すのを、ヒデトはドキドキしながら聞いていた。

トンちゃんの〈亡きじいちゃんが喜ぶ激辛弁当〉は、おかずにキムチと塩昆布、タバスコをたっぷりかけたスパゲティ。白いごはんの上には、細く切ったのりで亡くなったおじいちゃんの似顔絵が描いてあって、そのへたさ加減から、トンちゃんの思いの大きさが伝わってくる。

ケイタの弁当は、二回目と同じ巻きずし弁当だった。前回は珍しく失敗気味だったけど、さすがケイタだ。今回は大きさも形もきれいにそろっていて、文句のつけようがない。

「今回は、前回の失敗を全部クリアしました。鉄火巻きやシソ巻き、カッパ巻きも作りました。プレゼントした相手は、お母さんとお父さんです」

「さすが、六年一組のイケメン料理人！」

「リベンジ成功、おめでとう！」

すかさず歓声が上がって、ケイタは少し照れたようににっこりした。

カラフルな弁当の子が多い中、ユースケは煮物中心の、かなり地味な弁当を持ってきた。

「一回目の『弁当の日』に俺が持ってきたのは、おばあちゃんが作ってくれた弁当でした。あのときは地味で茶色い弁当だと思ったけど、俺が料理を好きになったのはおばあちゃんのおかげです。だからこの弁当に入っているのは、おばあちゃんが好きで、得意なおかずばかりです。弁当のタイトルは、〈世界一おいしい地味弁〉です」

言い終えると、教室じゅうが感心したような声を漏らした。

正直、去年までヒデトはユースケのことが怖かったし、みんなだってそうだろう。そのユースケが、今はこんなに身近で、信頼できる存在なのだ。そう思うとなんだか不思議で、うれしかった。ユースケは、席へ戻る途中でヒデトとすれ違いざまに右手を上げると、大きくハイタッチした。

「じゃあ次、ヒデト」

先生に名前を呼ばれると、緊張で跳び上がりそうになった。一歩ずつ、足元を踏みしめるように教卓へ向かう。

ヒデトは大きく深呼吸すると、弁当箱のふたを閉めたまま、話し始めた。

「ぼくは一週間に、七種類の塾や習い事に通っています」

みんなが「おー」と合いの手を入れる。

「一回目の弁当でぼくがしたことは、炊飯器のスイッチを押しただけでした。一回目は自分で作ろうといろいろチャレンジしましたが、お母さんにことごとく直され、結局、ぼくは弁当箱を包んだだけでした。実は今回もお母さんがメニューを決めて作ってくれたけど、でもその弁当は持ってきませんでした」

「それは？」と、どこかから声が上がった。

「ぼくが初めて、自分ひとりで作りきった弁当です。家ではお母さんが作らせてくれないから、昨日の午後、塾をずる休みしてユースケの家の台所で作りました。今回は正真正銘、ぼくひとりで」

勢いよく弁当箱のふたを開けると、教室は騒然とした。白いごはんの表面を、真っ黒に焦げた鶏肉、なす、玉ねぎがおおい尽くしている。

「スゲー」「まるコゲー」「ここまで、よう焦がしたなー」

失敗のレベルは、みんなの想像をはるかに超えていたようだ。でも、ヒデトは臆さずに続けた。

「焼く前にフライパンを熱くしすぎてこうなりました」

みんながうなずいている。みんな一度は同じような経験があるからか、友だちの失敗に優しい。

「そして、これをプレゼントする相手はお母さんです。弁当のタイトルは……〈独立宣言弁当〉です！」

この日一番の拍手と歓声の中で、ユースケの声が響いた。

「食いてー、その弁当！」

みんなも続いた。

「ホントや。記念すべき弁当やもんな、食べてみたい！」

「一口だけでええなー。二口はいらん！」とトンちゃんが言ってみんなが笑ったとき、寺西先生が手をたたいた。

「いい考えや。ヒデトの独立を祝って、みんな一口ずつ食べさせてもらおう！」

うれしくてうれしくて、涙がこぼれそうだった。ユースケは、顔をクシャクシャにして戻ってきたヒデトをねぎらうように、背中をポンポンとたたいて言った。

「俺んちで作ったから、俺がちょっとだけ付け足します。この弁当は一つ目の焼き肉弁当です。焦げたのがほとんど気にならない二つ目の弁当を、ヒデトはひとりで作りました。それは今、俺んちにあります。ヒデトは、うまくできたほうをお母さんに食べてほしいと言いました。俺は、みんなに見てもらうのは一つ目のほうがいいと言いました。二人の考えが同じだったから、ヒデトはこのコゲコゲ弁当を持ってきたんです」

教室じゅうに再び拍手が湧き起こり、ヒデトへの賞賛が飛び交った。

こらえきれずに涙があふれ出す。うれしくても、涙って出るものなんだ。ヒデトは、ぼんやりとそんなことを考えていた。


弁当の時間になると、教室のあちこちから歓声が上がり続けた。みんなが少しずつ、それぞれの弁当をつつき合うことになったからだ。

ヒデトが焦がした肉や野菜をまずいと言った子はいなかった。

お互いに作り方を教え合ったり、隠し味の当てっこをしたりしながら、女の子は「料理ができる男性と結婚したいね」と、男の子は「彼女の得意料理を食べさせてもらってから告白しよう」と言い合っていた。

ケイタは、絵美ちゃんから小さなカニコロッケをもらっていた。

トンちゃんの激辛スパゲティに、美紗ちゃんが笑い泣きした。

寺西先生の炒め物やレンコンのきんぴらは、「今食べとけば失恋しなくてすむ」とトンちゃんが言ったから、女の子たちがあっという間に一切れずつ取って食べ尽くした。

＊＊＊＊＊

小学校を卒業して三年目。

ヒデトは中高一貫の難関進学校で有名な、隣の市の私立中学に入学し、成績は今のところ上位にいる。この間の三者面談で、先生に「T大合格圏内」と言われたから、お母さんも安心しているようだ。

みんなと同じ、地元の公立中学に入学したユースケはみるみる成績を伸ばし、進学高校を目指している。こないだ駅で会ったときは「寺西先生みたいな先生になりたい」と言っていたけど、それってユースケにぴったりだ。

その寺西先生は去年、隣の市の小学校に異動し、結婚した。相手は栄養士の椎葉先生だ。ユースケの提案でコミカルなDVDを作り、披露宴で上映した。失恋を繰り返す寺西先生役がヒデトで、由紀ちゃんはケイタに、美紗ちゃんはユースケに、絵美ちゃんはトンちゃんに奪われていく。打ちひしがれたヒデトが、最後に本物の椎葉先生から愛の告白を受けるというストーリーで、出席者たちにも好評だった。

久しぶりに顔を合わせたクラスメイトはみんな相変わらずで、しかも三年近くも前のクラスなのに全員が駆けつけたから、寺西先生も椎葉先生も、すごく喜んでいた。みんなが笑顔で会場を出ると、ホテルの人から小さな包みが手渡された。手のひらサイズで、小さなリボンがついている。

「新郎新婦からのプレゼントです。お二人の手作りだそうですよ」

「おしゃれな包みやなあ」

トンちゃんがリボンをほどくと、弁当箱の形をした、紅白の小さなクッキーが入っていた。

「これを好きな人に食べてもらえば、恋は実るー」

トンちゃんが語尾を伸ばして叫ぶと、みんながこぶしを力強く突き上げて、「おー」と続いた。大笑いしながら、ヒデトは思った。

弁当を作ったら、こんな仲間になった。

おわりに

二〇〇一年二月に開催された香川県・綾南町（現綾川町）学校給食理事会に出席した私は、学校給食の大切さを訴える町長、町議会議長、町教育長の三名が、財政難にもかかわらず、経費のかかる自校調理方式を支持されていることに感銘を受けた。そして、学校給食に感謝の気持ちを忘れない子どもを育てるのが、校長の仕事だと気づいた。

子どもだけで食事を作る体験を繰り返せば、二つの感謝、「いただきます（食材の命に）」と「ごちそうさま（給食を作ってくれた人に）」の意味に、気づくはずだ。「弁当の日」で子どもの周辺に何が起きるかを考え始めた私は、一人で興奮していた。「弁当の日」で日本を変えられる！　変えるのは子どもを取り巻く

環境、つまり日本社会だった。育つ環境さえ整えれば、その中で自ずと子どもは健やかに成長するはずだ。

後述の詩は、〇三年三月に滝宮小学校を卒業した子どもたちに向けて書いたものである。この、弁当作りの体験で育まれる心はあくまで目標や理想だったが、二年間でいとも簡単に現実になった。滝宮小、国分寺中、綾上中の三校で一緒に弁当作りに励んだ生徒や先生たち、支援してくださった保護者や地域住民に深く感謝している。

全国で私の講演会を支えてくれている仲間たち（「弁当の日」応援団）によって届けられたステキなエピソードが、本書の原案となった。「弁当の日」については、関連本を十冊以上手掛けてきたが、本書が初めての小説となる。特に編集者の共同通信社・大谷幸恵さんから、忍耐強く心地よい刺激を頂戴してやっと上梓にこぎつけられた。心より深く感謝している。

弁当を作る

あなたたちは、「弁当の日」を2年間経験した最初の卒業生です。

だから11回、「弁当の日」の弁当作りを経験しました。「親は決して手伝わないでください」で始めた「弁当の日」でしたが、どうでしたか。

食事を作ることの大変さがわかり、家族をありがたく思った人は、優しい人です。

手順良くできた人は、給料をもらえる仕事についたときにも、仕事の段取りのいい人です。

食材がそろわなかったり、調理を失敗したりしたときに献立の変更ができた人は、工夫できる人です。

友だちや家族の調理のようすを見て、ひとつでも技

を盗めた人は、自ら学ぶ人です。

かすかな味の違いに調味料や隠し味を見抜いた人は、自分の感性を磨ける人です。

旬の野菜や魚の、色彩・香り・触感・味わいを楽しめた人は、心豊かな人です。

一粒の米・一個の白菜・一本の大根の中にも「命」を感じた人は、思いやりのある人です。

スーパーの棚に並んだ食材の値段や賞味期限や原材料や産地を確認できた人は、賢い人です。

食材が弁当箱に納まるまでの道のりに、たくさんの働く人を思い描けた人は、想像力のある人です。

自分の弁当を「おいしい」と感じ「うれしい」と思った人は、幸せな人生が送れる人です。

シャケの切り身に、生きていた姿を想像して「ごめん」が言えた人は、情け深い人です。

登下校の道すがら、稲や野菜が育っていくのを嬉し

く感じた人は、慈しむ心のある人です。

「あるもので作る」「できたものを食べる」ことができた人は、たくましい人です。

「弁当の日」で仲間がふえた人、友だちを見直した人は、人と共に生きていける人です。

調理をしながら、トレイやパックのゴミの多さに驚いた人は、社会をよくしていける人です。

中国野菜の値段の安さを不思議に思った人は、世界をよくしていける人です。

自分が作った料理を喜んで食べる家族を見るのが好きな人は、人に好かれる人です。

家族が弁当作りを手伝ってくれそうになるのを断れた人は、独り立ちしていく力のある人です。

「いただきます」「ごちそうさま」が言えた人は、感謝の気持ちを忘れない人です。

家族がそろって食事をすることを楽しいと感じた人

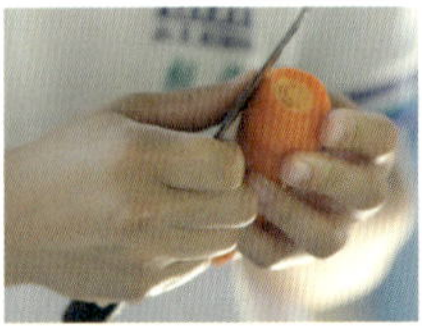

は、家族の愛に包まれた人です。

滝宮小学校の先生たちは、こんな人たちに成長してほしくって2年間取り組んできました。

おめでとう。これであなたたちは、「弁当の日」をりっぱに卒業できました。

竹下和男（たけした・かずお）
1949年、香川県生まれ。香川大学教育学部卒業。28年におよぶ小中教員・教育行政職を経て、2000年に綾南町（現・綾川町）立滝宮小学校校長に就任。翌年より子どもだけで弁当を作る「弁当の日」を開始する。この食育実践で、03年に「地域に根ざした食育コンクール」最優秀賞（農林水産大臣賞）を受賞。10年に定年退職。現在は「弁当の日」を全国に広げるため、精力的に講演活動を行っている。著書に『“弁当の日”がやってきた』（自然食通信社）、『できる！を伸ばす弁当の日』（共同通信社）、『弁当づくりで身につく力』（講談社）などがある。

お弁当《べんとう》を作《つく》ったら

発行日　2014年2月4日　第1刷発行
　　　　2019年7月26日　第2刷発行

著　者　竹下和男 ©Kazuo Takeshita, 2014, Printed in Japan

発行人　岩永陽一
発行所　株式会社 共同通信社（K.K.Kyodo News）
　　　　〒105-7208 東京都港区東新橋 1-7-1 汐留メディアタワー
　　　　電話 03(6252)6021
印刷所　図書印刷株式会社

ISBN978-4-7641-0661-1　C0095　※定価はカバーに表示してあります。